허수아비

배명은

* 본 작품은 『단편들, 한국 공포 문학의 밤』에 수록된
 단편 「허수아비」와 이어지는 내용입니다.

차례

허수아비　　　7

프롤로그

 붉은 신호에 벤츠가 멈춰 섰다. 지나가는 차들도 사람들도 없는 도로. 보이는 거라곤 색이 진한 푸르른 나무와 논과 밭, 그리고 제멋대로 자란 잡초들이었다. 가끔 느린 바람이 그것들을 쓸면 이파리들이 떠밀려 갔다가 제자리로 되돌아왔다. 낮게 날던 잠자리가 그 위에 앉았다.
 적막한 차 안에서 멍하니 신호가 바뀌기만을 기다리는데 툭툭, 앞 유리에 빗방울이 번졌다. 종수는 고개를 들어 잔뜩 찌푸린 하늘을 올려다봤다. 결국 비가 내렸다. 이전 휴게소에 잠시 들렀을 때 배앓이 하는 것처럼 천둥소리만이 들리더니, 청하시 톨게이트를 지나고 난 뒤에야 굵은 빗방울을 쏟아냈다. 어찌나 세차게 내리는지 와이퍼를 켜도 금세 빗발이 앞을 가렸다. 초록색으로 번지는 신호에 종수는 차를 천천히 몰았다.

오른편으로 커다란 다리가 나오고 그 너머 비에 가려진 시내가 흐릿하게 보였다. 다리 밑 흙탕물이 된 개천가엔 낚시꾼의 파라솔이 있었다.

'이런 날에 낚시라니 목숨이 여러 개라도 되는 모양이군.'

여름 장마철의 물가는 위험했다. 시도 때도 없이 내리는 비에 잠시라도 방심했다가는 불어난 물에 휩쓸릴지도 몰랐다.

그러다 문득 아버지가 떠올랐다. 저런 물에 서슴없이 들어가 장대를 휘적여 대는. 처음엔 그 모습이 기괴해서 기분이 나빴다. 툭툭 땅바닥에 떨어지는 쓰레기들. 썩어가는 풀과 모자, 신발, 검은 비닐, 과자 봉지. 아버지는 뭐가 그렇게 좋은지 장대로 그것들을 하나하나씩 건져낼 때마다 껄껄 웃어댔다. 그런 잡동사니들로 허수아비를 만드는 게 행복하다니. 동네 사람 중

누군가는 치매가 온 게 아니냐며 묻기까지 했다. 정상적인 사람이 봐도 그건, 아무 쓸모가 없는 짓이었다. 게다가 단순히 고약한 취미로 넘길 일만은 아니었다. 이런 날만 되면 거친 물살에 그것도 맨몸으로 들어가니, 자칫 크게 다친다면 그에 들어갈 병원비는 또 어떻게 한단 말인가. 몇 번이나 건강을 위해 그만하라고 만류해도 노인네는 귓등으로 듣지도 않았다.

그때 양복 상의 주머니에서 종수의 휴대폰이 울렸다. 종수는 급히 휴대폰을 꺼냈다. 아내였다.

"어, 여보."

전화를 받자 꽉 잠긴 아내의 목소리가 들렸다.

― 밥은 먹었어?

대뜸 들려오는 질문에 종수는 흘깃 시간을 보았다. 점심시간이 한참 지나있었다.

"벌써 시간이 이렇게 지났네. 커피 마셔서 그런가 배가 안 고팠어. 자기는?"

― 나는 먹었지. 내가 밥 거르지 말라고 했잖아.

"근데 목소리가 왜 그래? 어디 아파?"

애써 가벼운 목소리로 묻지만, 종수는 아내의 목소리가 왜 그런지 이미 알고 있었다.

― 여기저기서 돈을 구해봤는데, 안 될 것 같아.

'어음 만기일이 곧인데.'

엔진소리에 먹힌 아내의 뒷말이 쓰게 느껴졌다. 종수는 중국에서 부품을 들여와 무선 청소기를 만드는 중소기업 사장이었다. 그럭저럭 잘살고 있던 종수는 코로나 장기화로 위기를 맞았다. 수출길은 막혔고 경기마저 점점 안 좋아지니 들어오는 돈보다 나가는 돈이 점점 많아졌다. 대출 이자를 돌려막는 것도 한계에 다다르고 직원 월급마저 밀리기 시작했다. 직원들의 명예퇴직 신청을 받는가 하면, 한 달만 일단 넘기고 보자는 심정으로 사채에 손을 대기 직전이다.

그 생각까지 하자 막막함에 절로 한숨이 나왔다.

"걱정하지 마. 일단 나 본가에 왔어."

차는 아스팔트 도롯가에 난 농로로 접어들었다. 개천가는 멀어지고 웃자란 벼들이 가득한 논이 자리했다. 비바람에 벼가 이리저리 휩쓸렸다. 고르지 못한 콘크리트 길에 차체가 들썩였다. 나무 하나 없는 평야 저 끝에 산이 있었고 움푹 들어간 골짜기 옆으로 본가가 보였다.

— 아버님이 도와주실까?

"……."

종수에게 남은 뾰족한 수라고는 아버지의 재산이

었다. 본가와 아버지가 그동안 농부로 일구던 땅, 그리고 얼마의 돈. 그러나 아내의 질문에 머뭇거리는 건 꼬장꼬장한 아버지의 성격을 잘 알아서였다. 아들에게 손 한 번 내민 적도 없었고, 가족 모임에서도 셈은 정확하게 나누었다. 평소 검소하게 생활하신 분이라 돈이 없진 않겠으나 그걸 아들에게 선뜻 내놓지는 않을 것이 분명했다. 그렇게 잘 알지만, 힘이 드는 현실에 주저하면서도 몇 번이나 아버지께 전화했었다. 그러나 아버지는 전화를 받지 않았다. 아쉬운 놈이 우물을 파는 거라고. 명절에만 오던 본가에 종수는 이렇게 무작정 왔다.

"아들이 힘든데 당연히 도와주시겠지."

내뱉는 말에 힘이 없었다.

— 알았어. 자고 올 거야?

'쫓겨나지 않으면?'

아내의 질문에 막 든 생각이지만 입 밖으로 내지 않았다. 대신 마음을 다잡았다. 아버지에게 긍정의 허락이 떨어지기 전까지 집 안에서 석상처럼 움직이지 않겠다고.

"멀기도 하고, 지금 비도 오니까 자고 갈게."

— 비가 오는구나. 도착하면 밥부터 먹고.

"너무 걱정하지 말고! 자기도 규환이랑 맛있는 거 먹어. 알았지? 어떻게든 아버지께 원조받을 수 있게 할게."

— 알았어. 조심히 다녀와.

"응!"

아내와의 전화를 끊고 종수는 다시는 약한 생각을 하지 않겠다고 다짐했다. 자신을 사랑하고 믿는 아내와 딸을 실망시키고 싶지 않았다.

'어떻게든 꼭 해내겠어!'

종수는 단호하게 고개를 끄덕이나가 앞을 봤다. 사위가 어둑해져 제대로 분간할 수는 없었지만, 집 근처 논둑에 사람들이 모여있었다. 이런 날씨에 왜들 저렇게 모였을까. 그런 의문도 잠시였다. 다시금 논둑과 평야를 가르는 개천이 나타나고, 본가로 이어지는 조그마한 다리를 건너고 나서야 종수는 그것이 사람이 아닌, 허수아비란 걸 알아차렸다.

가까이 다가갈수록 찝찝한 기분이 들었다. 그저 이런 날씨 탓만일까? 논둑에 조금의 간격을 두고 쭉 선 허수아비들은 하나같이 음산했다. 게다가 몇 달 안 본 사이에 그 수가 더 많아진 것 같았다. 집 앞에 차를 주차하고 내리자 허수아비들의 옷자락이 펄럭이는 소리가 들렸다. 종수는 애써 그것들을 무시하며 손으로 비를 가리고 집까지 뛰었다.

질퍽한 진창을 밟지 않으려고 애썼지만, 흙탕물이 검은 양복 바짓단을 적셨다. 종수는 녹슨 철문을 지나 비가 닿지 않는 낡은 기와지붕 밑으로 들어갔다. 옷에 묻은 물기를 털어내며 흙탕물이 튄 바짓단을 보고 혀를 찼다. '그러기에 길과 마당을 콘크리트로 발라 버리자니까.'

그는 바짓단을 툭툭 털며 집 안에다 대고 소리쳤다.
"아버지! 저 왔어요!"

옷매무새를 정돈하며 고요한 집 안을 들여다봤다. 이렇게 비가 오는데 밭에 갔을 리도 없었다. 리어카도 그대로 있는 걸 보아 쓰레기 낚는다고 개천에 간 것도 아닌 것 같았다. 시내를 나갔다면 대문을 잠갔을 터였고, 그 성격에 마을회관 가서 노인분들과 친하게 놀 일도 없었다. 종수는 왼쪽에 있는 부엌으로 갔다. 나무로 된 문을 열자 불씨가 없는 아궁이와 정돈된 그릇들이 보였다. 부엌을 가로질러 뒤란으로 이어지는 문을 열고 내다봤다. 좁은 터에도 인기척이 없었다. 그는 다시 마당으로 나와 구두를 벗고 마루 위로 올라섰다. 창호지가 발린 미닫이문을 밀자 서늘한 방 안이 보였다. 안방 역시 깔끔하게 정돈되어 있었다.

'어디 가셨지?'

종수는 마루를 가로질러 맞은편 자신이 쓰던 방으로 갔다. 학교 다닐 때 그대로인 모습의 방엔 한기만이 감돌았다. 툇마루로 넘어가 창고로 쓰는 곳간까지 가서 문을 열었지만, 그곳에도 아버지는 계시지 않았다. 요즘 문을 열고 외출하시나? 아니면 이렇게 비가 쏟아져도 밭일하시러 갔나? 그는 다시 댓돌에 아무렇게나 놓인 슬리퍼를 꿰어신었다. 집과 떨어진 곳에 위치한 마당 끝 화장실 문을 열었다. 파리 몇 마리가 날아올랐으나 그곳도 텅 비었다. 종수는 다시 지붕 밑으로 돌아갔다.

"아이참, 어디 가셨어?"

양복 주머니에서 휴대폰을 꺼내며 투덜거렸다. 아버지에게 전화하며 담 너머 논과 밭을 훑는데 벨 소리가 가까이서 났다. 고개를 돌려 소리가 난 쪽을 보자 창고가 보였다. 앞면이 툭 터진 창고. 너무 오래되어 금방이라도 허물어질 것 같은 곳에서 아버지의 휴대폰 벨 소리가 들렸다. 휴대폰을 그대로 귀에 댄 채, 종수는 창고로 갔다. 기둥에 메어 둔 채반들 위로 아버지가 그렇게 애지중지하는 쓰레기들이 물기를 말리고 있었다. 못마땅함에 절로 입술이 삐뚤어졌다. 그런데 이상했다. 그곳에도 아버지는 계시지 않았다. 여전히 벨 소리가 나는데.

창고 가운데 이불에 쌓인 긴 물건이 보였다. 자세히 보니 평소 아버지가 덮고 주무시는 여름 이불이었다. 그걸로 무언갈 둘둘 만 채 가운데와 양 귀퉁이를 밧줄로 묶었다. 벨 소리는 그 안에서 났다. 발로 툭 밀자 딱딱하고 묵직한 무언가가 느껴졌다.

대체, 이게 뭘까?

호기심에 종수는 휴대폰을 주머니에 넣고 밧줄을 풀었다. 쏴아아. 비바람이 몰아쳤다. 싸늘한 바람이 종수의 몸을 치댔다. 목덜미에 소름이 돋았다. 굳은살이 박인 손바닥으로 몇 번 슥슥 소름을 문지르고 다시금 밧줄을 풀었다. 어찌나 세게 매듭지었는지 붙들고 힘을 주는 손톱이 얼얼했다. 여러 번의 시도 끝에 밧줄을 풀었다. 대충 헤집고 이불 끝을 잡았다. 그때 이불 속에서 아버지의 휴대폰이 울렸다. 너무도 갑작스러운 소리에 종수는 깜짝 놀라 몇 걸음 뒤로 물러났다. 얼굴에 빗물이 아닌 식은땀이 흘렀다.

"아이씨 깜짝이야."

중얼거리며 이불을 확 걷어냈다. 얼마 되지 않는

하얀 머리카락이 먼저 보였다.

"헉."

눈을 감은 창백한 아버지의 얼굴에서 파리가 날아올랐다.

종수는 그 자리에서 주저앉았다. 어쩔 줄 몰라 하다가 바닥을 짚어 그 자리를 박차고 나왔다. 득달같이 내리는 비에 옷이 젖어도, 진창에 바짓단이 온통 더러워져도 그는 멈추지 않았다.

아버지가 죽다니.

'어떡하지어떡하지어떡하지어떡하지?'

같은 질문이 머릿속에서 맴돌았다. 사위는 컴컴했다. 절로 움츠러지는 몸을 끌고 얼른 대문 밖을 나섰다. 뒤를 절대 돌아보지는 않았다. 무조건 죽은 아버지의 시신에서, 소름 돋게 한기만을 내뿜는 집에서 멀리 떨어지고 싶었다. 잠시라도 주춤거렸다간 들어찬 어둠 속에서 금방이라도 뭔가가 튀어나올 것 같았다. 종수는 세워둔 차까지 두려움에 경직된 채로 걸어갔다. 힐끗하고 시선이 둑에 선 검은 형체의 허수아비들에게 향했다. 분명 볏짚과 쓰레기로 만든 인형일 뿐인데 빗속에서 보니 뒤뚱뒤뚱 제자리를 걷는, 살아있는 것들 같았다. 그는 허둥지둥 차 문을 열고 운전석에 앉자마자 문을 잠갔다. 그리고 주머니에서 휴대폰을 꺼냈다. 벌벌 떨리는 손으로 112를 눌렀다.

─ 네, 경찰입니다.

무미건조한 목소리가 들렸다. 종수는 마른침을 삼키고 입을 열었다.

"저기…… 집에 왔는데 아버지가 돌아가셨는데…… 어…… 제가 시신을 발견했습니다."

뭘 어떻게 얘기를 해야 할지 몰라 되는대로 말했다. 상대방이 주소를 묻는데 엉뚱한 말이 튀어나왔다.

"살해당하신 것 같아요."

1.

 어둑한 방 안에서 휴대폰 화면 불빛이 켜지더니 이어 진동음이 들렸다. 'T 방송사 부장님'이란 글씨가 뜬 채 한참이나 협탁 위에서 울렸다. 작은 불빛이 방구석으로 밀린 접이식 상과 그 위를 뒹구는 소주병 두어 개를 비췄다. 그 옆으로 커다란 카메라 가방과 바닥에 흩어진 전단지가 있었는데 안에 새겨진 사진 속 남자는 어둠에 가려졌다.
 침대 위 이불 밖으로 뻗어 나온 손이 방바닥에 닿

앉다. 잠시 손끝이 움직이는 듯하다가 진동이 멎자 함께 멈췄다. 적막해진 방 안 저편에서 아득하게 빗소리가 들렸다.

창을 때리는 빗방울 너머 우거진 수풀과 나무 그리고 허수아비. 어깨를 늘어트린 채로 하염없이 어딘가로 가고자 하는 낯익은 남자.

손가락이 다시 움찔거렸다. 천천히 허공으로 손을 뻗어 그 어깨를 붙잡으려고 했다. 도대체 어딜 가느냐고 붙들어 세우려고.

그때 갑자기 휴대폰이 울렸다. 어깨를 잡아채기도 전에 의식이 현실로 끌어올려졌다. 꿈과 현실을 제대로 분간하지도 못한 채 손은 요란하게 진동해 대는 휴대폰을 붙들었다. 머리 위로 뒤집어쓴 이불 속으로 손이 들어갔다. 통화버튼을 누르고 휴대폰을 귀에 갖다 대자 건너편에서 귀를 때리는 욕설이 파고들었다.

— 야이 새끼야! 바빠 죽겠는데 안 튀어오고 뭐 하는 거야?

잠을 깨우는 소리에 짜증이 절로 나 앓는 소리를 냈다.

"안 한다고 했잖아요오. 나 이제 프리라고! 거기 직원이 아니라아!"

― 태식아! 내가 부탁했잖냐. 일손 부족하니까 이번 한 번만 꼭 좀 해달라고!

"아니 바쁜 게 왜 이땐데? 작년도 그렇고! 내가 부장님 흑심 몰라서 그래? 그냥 나 좀 내버려 둬요. 프리가 왜 좋은 줄 알아? 내가 쉬고 싶을 때, 그날이 휴가니까. 나 부장님 부하직원 아니에요."

태식은 몸을 한껏 웅크리며 대꾸했다. 씨근덕거리는 소리가 들렸다.

― 그래 너 말 잘했다. 언제까지 너 그렇게 살 거냐? 이맘때만 되면 사연 많은 새끼처럼 하던 일도 멈추고 왜 청하에 가는데? 죽은 사람 뭐 하러 찾는 건데? 대체 왜 그러는 거냐고?

다시 고함이 들리자 태식은 휴대폰을 귀에서 떼고는 자리에서 일어나 앉았다. 잔뜩 찌푸린 얼굴을 손바닥으로 문지르고는 휴대폰을 귀에 갖다 댔다.

"형. 그냥 모른 척해주면 안 돼?"

― 3년이야. 1년 정도는 그럴 수 있다 쳐. 근데 2년이고 3년이고 어떻게 계속 그러냐? 가족도 아니고, 사귀던 사람도 아니고 단순히 복귀한 지 며칠 되지도 않은 잘 모르는 피디와 엮였을 뿐인데. 대체 그 사람이 너한테 뭔데 3년이나 그러냔 말이다!

'그러게.'

태식은 부장이 말하는 그 사람을 떠올렸다. 일에 대한 열의는 있었으나 나사가 하나 빠진 것처럼 뭔가가 비어 보이는 사람. 자신과 달리 말수는 없고 요령도 없어 보이는 사람. 그러다가 갑자기 사라져 버린.

닫힌 창 너머로 들리는 빗소리 때문일까. 7월 여름에 함께 했던 그날의 청하시 전경이 눈앞에 선했다. 태식은 세찬 빗발과 습기로 가득했던 그날의 기분을 지우려 에어컨의 온도를 더욱 낮췄다.

3년 전, 청하시는 원래 계획했던 취재지가 아니었다. 태풍으로 비가 억수같이 쏟아지던 날, 고속도로는 사고로 막혔고 조급함에 국도로 갈아탔다. 청하시에서 조금 더 갔을까. 산길에서 갑자기 여자가 튀어나오는 바람에 핸들을 꺾다가 나무를 들이받았다. 그 당시 운전자였던 태식은 회사 차를 사고 냈으니 이래저래 심란한 상황이었다. 그때 그 사람, 김창식 피디가 근처에서 허수아비들을 발견했다. 하나도 아닌 밭둑에 일렬로 선 허수아비들. 이상하다면 이상했고 기이하다면 기이했다. 곧바로 그 허수아비를 취재하기로 했다.

그리고 며칠 뒤, 김창식 피디는 그곳에서 어린 딸

자식을 잃어 정신 줄을 놔버린 마을 여자와 한날에 실종되었다. 두 명이나 실종되었으니, 경찰은 급히 근처 산과 청하시를 뒤졌고 평소 여자가 딸이 빠져 죽은 개천가와 근처 논밭을 헤맸기에 전날 내린 폭우에 사고라도 난 게 아닐까 싶어 119대원들이 강을 뒤졌다. 그 모습을 멍하니 보던 태식은 서늘함에 온몸을 떨었다.

"하여간 나 안 갈 거니까 나중에 전화해요."
— 이 자식이. 너 또 내 말 안 듣고…….

태식은 휴대폰의 전원을 끄고는 침대에 던졌다. 에어컨 소리보다 빗소리가 더 컸다. 마른세수를 하다가 방바닥에 깔린 전단지를 흘깃 봤다. 어둑한 공간임에도 글자가 또렷했고 사진 속 인물이 선명했다. 빗소리에 섞여 젖은 옷가지들이 바람에 치대는 소리가 들리는 듯하다.

그래 허수아비.

흙탕물에서 '혹여라도 김창식 피디의 시체를 찾아내면 어떡하지?'란 심정으로 강을 바라보던 태식의 등 뒤에 나란히 선 허수아비들. 그리고 그 위에서 뒷짐 진 채로 히죽이던, 그것들을 만든 황 노인.

태식은 강렬했던 그날의 기억에서 벗어나지 못했

다. 자신을 옭아맨 기억이 절대 놓아주지 않겠다는 듯이 이맘때가 되면 느닷없이 떠올랐다. 세월이 지났음에도 마치 어제인 것처럼 선명하게.

태식은 자리에서 일어나 화장실로 갔다. 대충 씻고는 옷을 걸쳤다. 에어컨을 끄자 찬 공기가 방 안에 표류하고 있음에도 숨이 막혔다. 크게 숨을 내쉬며 바닥을 뒹구는 전단지를 카메라 가방에 쑤셔 넣었다. 휴대폰까지 챙겨 들고 태식은 집을 나섰다. 굵은 빗발을 오롯이 맞으며 그는 골목 옆에 세워둔 낡은 산타페에 올랐다.

2.

8월, 여름의 강렬한 햇빛이 도로 위로 쏟아졌다. 여기저기 녹이 슨 용달차의 에어컨은 성능이 그리 좋지 않아 미적지근한 바람만 내뿜었다. 목덜미에서 흐르는 땀을 닦아내던 규환은 답답함에 차창을 열었다. 전날 태풍이 지나간 바깥의 바람이 더 시원할 것 같아서다. 그러나 창문을 조금만 열었는데도 숨이 막힐 만큼 열기가 느껴졌다. 규환은 손등에 내려앉은 햇볕을 느끼

다가 이내 창문을 닫았다. 차라리 에어컨 바람이 나을 정도였다.

엄마는 규환이 옆에서 꼼지락거려도 미동조차 없다. 서울에서 청하까지 오는 내내 아무런 말도 없었다. 운전하는 아빠도 그것이 신경 쓰였는지 재미도 없는 아재 개그로 분위기를 바꾸려고 노력하다가 언제부턴가 입을 다물고 엄마를 힐끗거렸다. 규환에겐 재미없지만, 엄마는 가끔 그 아재 개그에 웃어주곤 했는데.

규환은 입술을 삐죽였다. 자신도 엄마만큼이나 이 상황이 답답하고 화가 났다. 아빠 사업이 망해서 잘 다니던 학교도 그만두고 친구들과도 헤어져 이런 시골 촌 동네에 오는데 기분이 좋을 리가 있나. 유학은 물 건너갔다지만, 대학을 인 서울로 가려면 고등학교 1학년인 지금부터가 중요했다. 게다가 '집이 망했는데 대학은 갈 수 있을까?', '등록금을 마련하려면 이런 시골에서 아르바이트를 할 수 있을까?', '아니 당장 우리 집 생활비는 어떻게 되는 거지?'란 생각이 도돌이표처럼 수시로 들었고. 시도 때도 없이 울컥 짜증이 치밀었다. 손바닥을 파고드는 손톱의 통증에 입술을 꽉 다물었다.

'화를 내도 소용없어. 지금 나의 감정 따윈 중요하

진 않아. 다른 가족도 충분히 힘들 테니까.'

사춘기인 자신도 이런 생각을 하고 있는데 어른인 엄마가 티를 팍팍 내는 모습에 체기마저 들었다. 규환은 꽉 쥔 주먹으로 가슴을 두드렸다. 눈치를 보던 아빠가 헛기침했다.

"너무 조용하지? 음악이라도 들을까?"

더듬거리며 카라디오를 찾는 아빠의 손길이 어색했다. 앞을 보며 운전하다가 손에 닿지 않자 아빠의 시선이 밑으로 내려왔다. 엄마가 짜증을 냈다.

"무슨 음악을 듣는다고 그래?"

"너무 조용해서……."

거대한 용달차의 엔진소리가 온몸에 전달되는 기분은 익숙해지지 않았다. 아빠는 여전히 카라디오와 씨름을 했고, 엄마의 한숨은 에어컨보다 싸늘했다. 신호가 노란색으로 바뀌었지만 용달차는 신호를 무시하고 달려 나갔다. 그때 규환은 건너편 교차로에서 좌회전하는 검은 산타페를 발견했다.

"아빠 앞에 차!"

규환이 소리치자 놀란 아빠가 브레이크를 밟았다. 몸이 앞으로 쏠렸다가 뒤로 확 넘어갔다. 심장이 벌렁거려 규환은 숨을 가쁘게 몰아쉬었다. 간신히 사고를

면했다지만, 앞에서 멈춘 산타페에서 차 주인이 나와 호통을 칠까 겁이 났다. 누가 봐도 아빠의 잘못이었으니까. 그러나 빨갛게 들어온 미등이 꺼지며 산타페는 천천히 움직였다.

"그냥 조용히 가. 괜히 사고 내지 말고."

엄마가 이를 악물고 조용히 읊조렸다. 차 내는 우렁찬 엔진소리만이 가득했다. 조금 빨리 몰았는지 다음 신호에 선 산타페가 보였다. 그 옆에 용달차가 섰다. 규환은 바로 옆에 있는 산타페를 불편한 시선으로 바라봤다. 엄밀히 따지면 아빠가 잘못한 거지만, 같이 한 차에 탔다는 이유로 연대책임을 느꼈다. 괜히 차를 나란히 세워서 이런 죄책감 같은 걸 느끼게 한 아빠가 미웠다. 애써 시선을 그쪽으로 하지 않으려는데 산타페 창문이 내려갔다. 그 안에서 기이한 문양으로 문신한 팔이 나와 위아래로 흔들렸다. 저도 모르게 시선을 그쪽으로 두니 젊은 남자의 얼굴이 불쑥 나왔다. 깜짝 놀라 고개를 앞으로 돌렸지만, 밖에서 뭐라고 하는 것 같아 다시 그를 바라봤다.

"보지 마!"

엄마가 낮게 말했다. 오는 내내 얼음 마녀처럼 냉랭하게 굴면서 명령까지 하니 괜스레 반항심이 일었다.

규환은 입술을 삐죽이며 창문을 내렸다.

"황규환!"

오후 햇살의 뜨거운 열기와 차에서 흘러나오는 배기가스 냄새에 규환은 숨을 참았다. 그리고 남자를 바라봤다.

"왜요?"

'사과라도 바라요?'라고 퉁명스럽게 말하고 싶었는데 남자가 손가락을 용달차 뒤쪽으로 가리켰다. 요란한 엔진소리에도 남자의 목소리는 단정하고 정확하게 들렸다.

"뒤에 짐 묶은 끈, 풀렸어."

"예?"

규환은 얼떨결에 남자의 손가락을 따라 고개를 내밀어 짐칸을 봤다. 두꺼운 끈이 풀려 이삿짐을 덮은 천막이 제멋대로 펄럭였다.

"아빠."

규환이 아빠를 돌아봤다. 아빠가 규환 너머로 인사했다.

"아이고, 알려주셔서 감사합니다."

"예에."

남자는 할 말은 다 했다는 듯 무료하게 대답했다.

"잠깐 주차하고 손봐야겠네."

아빠의 말을 들으면서도 규환은 천천히 올라가는 산타페의 창문에 시선을 거두지 못했다. 갑자기 묘한 충동이 일었다. 어쩌면 엄마에 대한 반항심이 남았기 때문일지도 몰랐다.

"저기요."

규환은 남자를 불렀다. 동시에 엄마의 손이 규환의 팔을 잡아당겼다. 그늘에 가려졌던 남자의 얼굴이 다시 밖으로 나왔다. 엄마의 다른 손이 차창을 올리는 버튼을 찾았다. 규환은 활짝 웃었다.

"아까 죄송했어요. 사고 날 뻔했잖아요."

"아······."

창문이 올라가자 남자가 뭐라고 하는지 들리지는 않았다. 대신 마주한 그 얼굴이 위아래로 끄덕였다.

"너는 엄마 말이 말 같지 않지? 저런 남자랑 뭐하러 말을 섞어?"

앙칼진 엄마의 목소리가 들렸지만, 규환의 온 신경은 운전석으로 사라지는 남자에게 향했다.

"저런 남자가 어떻다고? 우리 도와주고 우리가 잘못한 거 사과도 받아줬는데?"

"문신했잖아. 조폭이면 어떻게 해?"

"문신했다고 다 조폭이야? 엄마도 눈썹 문신했잖아. 그럼 엄마도 조폭이게?"

"자꾸 유치하게 굴래? 그게 이거랑 같아?"

"자자, 다들 진정해. 날도 더운데 진 빼지 말고."

"어휴 얘는 어쩌면 날이 갈수록 말을 이렇게 안 들어서 어쩌나 몰라!"

신호가 바뀌자 남자의 검은 산타페가 앞서갔다. 규환은 이어지는 엄마의 한탄을 무시하며 너른 논과 그 너머에 모인 건물들을 바라봤다. 저기 어딘가에 규환이 다닐 고등학교가 있었다. 뭐, 조금은 그곳이 재밌을지도 몰랐다.

* * *

다리를 건너 태식은 시내로 향했다. 익숙한 2차선 도로로 접어들자 속도를 줄이며 개천을 앞에 둔 하나로 마트 옆 카센터로 들어갔다. 차 소리에 승용차의 바퀴를 손보고 있던 남자가 고개를 들었다. 까맣게 탄 얼굴이 와락 찌푸려졌다. 카센터 한편에 차를 세우고 태식은 한숨을 내쉬었다. 시동을 끄고 잠시 숨을 돌린 그는 차에서 내렸다.

"안녕하십니까? 윤 사장님, 그동안 장사가 잘되었나 봅니다. 그사이 흙바닥이 돌바닥이 되었는데, 못 찾아올 뻔……"

"뭐하러 또 왔소?"

불퉁한 말이 태식에게 날아들었다. 윤 사장은 왜소한 몸을 펴며 옆구리에 쑤셔 넣었던 수건으로 기름때 묻은 손을 닦았다. 이번이 네 번째 보는 거지만, 윤 사장은 언제나 그렇듯 태식의 방문을 달가워하지 않았다. 그동안 태식이 넉살 좋게 굴었어도 그의 태도는 냉랭했다. 이럴 줄 알았다는 듯 태식은 어깨를 폈다. 그리고 어슬렁거리며 걸어가 윤 사장 앞에 섰다. 차고에서 털털털 돌아가는 선풍기 바람에도 땀이 흘렀다. 태식은 애써 입술을 끌어 올렸다.

"작년, 우리의 약속을 잊은 겁니까? 다시 올지도 모른다고 했잖아요."

"그래서 내가 다시 오지 말라고 했지. 아프면 병원을 가라고 한 내 말을 귓등으로도 듣지 않았군. 그거 병이라니까."

태식이 싱긋 웃자 윤 사장이 다시 와락 얼굴을 찌푸렸다. 말을 해봤자 자신의 입만 아플 뿐이란 걸 깨달은 눈치였다. 마지못해 윤 사장이 손을 내밀어 악수를 청했다. 헤헤거리며 태식은 그 손을 마주 잡았다.

"뭐 하러 돈 주고 병원을 가요? 여기서 며칠 지내면 나을 것을. 이렇게 사장님도 뵙고, 좋지 않습니까."

"그걸 말이라고. 이렇게 오더라도 나는 그쪽과 할 말이 없다니까 그러네. 나 원, 그쪽이야 이렇게 매년 여기에 오는 게 마음 정리하는 것이겠지만, 이 조용한 동네에선 겨우 사라진 소문을 들쑤시는 꼴일 뿐이란 걸 왜 모르는지."

같은 날에 함께 사라진 피디와 소라 엄마를 두고 사람들은 둘이 눈이 맞아 야반도주한 게 틀림없다고 숙덕거렸다. 진실이 끝내 밝혀지지 않았으니 사람들은 소문을 사실로 믿었다. 차라리 시체라도 나왔으면 하는, 추잡한 사실로 가장한 소문을. 태식이 다녀가면 사람들은 그 소문을 끄집어내어 그 크기를 부풀렸다. 어디서 그들을 보았는데 그들 사이에 아이가 있다더라, 소라 죽고 미친 줄 알았던 소라 엄마는 멀쩡해져서 하하호호 웃고 있다라.

"그냥 안부 인사는 어떻습니까?"

윤 사장은 혀를 차며 돌아섰다.

"안부는 무슨, 사무실에서 커피나 마시고 가시오. 나는 일이 아직 안 끝났으니."

윤 사장은 다시 승용차 앞으로 가 선반에 올려뒀던 장갑을 꼈다. 커피 생각이 없는 태식은 그 뒤를 따라갔다. 타이어를 교체하는 윤 사장 옆에서 태식이 쪼그려 앉아 같이 들여다봤다. 수십 년간 청하에서 카센터를 운영한 사람답게 움직임에 군더더기가 없었다. 서로 어떤 말도 하지 않았다. 윤 사장은 묵묵히 일했고 태식은 눈만 깜박였다. 얼마나 그러고 있었을까. 윤 사장이 중얼거렸다.

"뭐 이제 이 짓도 올해까지겠지."

"네?"

스패너를 들고 있던 윤 사장이 힐끗 태식을 봤다.

"소식을 듣지 못했나 보군."

"이곳으로 바로 와서요. 근데, 무슨?"

"황 영감이 두 달 전에 죽었소. 그 시신을 마침 내려온 아들이 발견했다 하는데, 그때 출동한 순경이 타살로 상정하고 조사한다고 했거든."

"타살이요?"

윤 사장은 잠시 말을 멈추고 계속 얘기를 이어가야 할지 잠시 고민을 했다. 그리고 어깨를 으쓱이며 말했다. 안부보다는 이 이야기가 훨씬 나았다.

"누군가가 돌아가신 분을 이불에 싸서 창고에 두

었다고 하더이다. 부검으로는 자연사라고 하는데 대체 누가 그랬는지 경찰이 아직 찾지는 못했다지. 그 때문에 한바탕 마을이 난리도 아니었소."

"굳이 왜 이불에 싸서 창고에 두었을까요?"

"그 순경도 똑같이 내게 물었는데, 젊은 사람들은 모를 테지. 옛날에 이런 시골에서 사람이 죽으면 그 시신을 평소 덮고 지내는 이불로 싸서 창고에 두어 가묘를 만들었소. 장례식이 이뤄지고 염을 하기 전까지 그곳에 두었지."

"아니 그렇다고 해도 누가 황 영감님께 그런……."

태식은 누군가가 황 영감의 시신을 이불로 싸 창고에 옮기는 모습을 상상해보았다. 그 생각 끝엔 노인을 창고에 내려놓는 허수아비가 그려졌다.

"적어도 원한 관계에 있는 사람은 아니란 소리지. 께름직한 사람은 죽어서도 께름직해."

윤 사장도 말하지 않았을 뿐 속내는 허수아비를 지목하는 듯했다. 말이 되지 않았으나 원체 그 주위가 그렇지 않던가?

"어쨌거나 이제 그 집에 가는 것도 그만하시오. 이번 주에 황 영감님 댁 아들네가 이사 온다고 했으니. 사업한다더니만, 뭐가 시원치 않은지 접고 내려온다더군. 그 아들이 사라진 사람들에 대해 뭘 알겠소? 괜히 가서 시비 털리지 말고 대충 있다 가시오."

앞으로 태식이 무엇을 할지 다 꿰고 있다는 듯 윤 사장이 잔소리했다. 매년 태식은 굳이 황 영감의 집에 인사를 가서 커피 한잔 얻어 마시고 왔다. 그저 피디를 추모하는 방식인가보다 하던 황 영감은 그다음 해에도 온 태식을 보고 불쾌감을 거두지 않았다. 어쩌면 자신과 허수아비를 의심한다고 생각했는지도 몰랐다.

한참 말을 하던 윤 사장이 갑자기 무슨 생각이 들었는지 눈살을 찌푸렸다. 태식과 할 말이 없다고 했지만, 막상 황 영감이나 허수아비에 관한 얘기를 하고 있자니 그날이 문득 떠올랐다.

"그러고 보니 그때도 이랬군."

"언제요?"

"3년 전 그때 말이오. 황 영감님 댁에서 그쪽을 처음 봤던 날. 사고로 고장났다던 차를 나는 손보고 있고 그 피디는 그쪽처럼 맥없이 나를 보고 있었지. 고장난 게 차인지 사람인지 헷갈렸다니까."

"아아."

그 말에 태식은 쓴웃음을 지었다. 자신도 김 피디를 보고 그 생각을 했었다.

김 피디는 그의 아내가 홀로 여행을 간 절벽에서 실족사하여 잠시 일을 쉬었다고 했다. 갓 입사한 태식이 처음 김 피디를 먼저 인식한 건 소문이었다.

곧 김 피디가 복귀하는데, 아내 몰래 같이 일했던 작가와 그렇고 그런 사이였다고. 그걸 알게 된 아내가 스스로 목숨을 끊었고. 원통하고 억울해서 강에 빠진 그 시체가 발견되지 않은 거 아니냐고.

입에서 입으로 전해지는 말들은 자극적인 막장 드라마 그 자체였다. 어찌나 만나는 사람마다 김 피디에 대해 찧고 까불었는지 태식은 그를 만나자마자 며칠 전에 헤어진 것처럼 친근함마저 들었다.

"그때 황 영감과 허수아비에 대해 이야기를 해줬소. 방송국에서 취재한다고 하니 뭐라도 얘기해주고 싶었거든. 근데 그 얘기를 할 땐 그 피디 눈이 참 말똥하더이다. 얼마나 이것저것 물어대는지 천상 직업꾼이라고 생각했었는데, 지금 생각해 보니 허수아비한테 홀린 게 아닐까 싶고."

"무슨 얘길 하셨는데요?"

윤 사장이 태식을 힐끗 보고는 입술을 삐죽였다. 그날을 떠올리는 듯했다.

"산 뒤에 영탄강이 흐르고 있는 거 보셨습니까? 국

도로 오셨다면 그 줄기를 보셨을 겁니다. 그곳에 사람이 많이 빠져 죽었죠. 해마다 장마철이면 비가 올 때마다 동네 사람들은 물론 낚시꾼들, 물놀이하러 온 사람들, 야영객들이 그곳에서 익사한단 말입니다. 모르는 사람들은 그곳에 물귀신이 있다고 떠들지만, 동화 할매 말마따나 저 허수아비들의 부름에 그들이 강에 빠지는 거라 저는 생각하거든요. 저걸 다 태워버려야 그 사고가 끝날 터인데. 저리 노인이 짱짱하시니, 엄두도 못 내지요."

"그저 쓰레기로 만든 허수아비일 뿐인데 그렇게까지 생각하신단 말입니까?"

"방송국 양반 눈엔 쓰레기로만 보이십니까? 제 눈엔 귀신 들린 인형입니다."

"말씀하신 동화 할머니는 어떤 분이십니까?"

"이 동네에서 오래 사신 분이외다. 수년 전에 이곳에 와서 한바탕 난리를 치셨지. 손수 허수아비들을 불태우겠다면서. 저 노인이 반대하고 나섰는데 어찌나 벼락같이 성을 내던지 둘 다 무슨 일이 생기는 게 아닌가 싶다 했죠. 파출소에서 순경이 나와 뜯어말려서 겨우 진정이 됐지. 안 그랬다면 뭔 사달이 나더라도 났지요. 그 이후 할매가 풍으로 쓰러지셔서 흐지부지됐

지마는 저 허수아비들은 없애야 해요. 안 그래도 또 진수네가 그렇게 돼서 찜찜해 죽겠는데. 소라 어미 보셨다면서? 어린 것 그리 보내고 제정신일 수가 없지. 비가 오면 이산 저산 돌아다니면서 애를 찾는 답디다. 쩝."

"할아버지가 강에서 쓰레기들을 모으는 걸 보신 적 있으십니까?"

"비가 온 뒤 불어난 강에 쓸려 내려온 것들을 잡아채는 건데. 그것들로 저 허수아비를 만든다지? 기행이라면 기행이지. 하지만, 동화 할매 말로는 그게 영혼을 건져 올리는 거라던데."

"영혼을 건져 올려요?"

"씻김굿 아시오? 그중 혼건지기굿이 있다더군. 사람이 물에 빠져 죽으면 그 영혼을 건져 올린다는 굿 말이오. 워낙에 물에 빠져 죽는 사람들이 많아서 그 굿이 이곳에 성행했다오. 그걸 봐서 그랬는지 노인이 강에서 그 짓을 하더란 말이지. 할매 말로 아귀를 맞추다 보면 정말 그럴 법하더란 말이죠. 한데 설마 정말 그런 의도로 그랬겠습니까? 뭐, 그 짓이 더 노인 주변을 음습하게 만드는 걸 거요."

* * *

 사방이 짙푸른 색으로 만연한 곳에서 트럭은 멈췄다.
 "다 왔다. 내리자."
 아빠가 시동을 끄며 애써 활기차게 말했다.
 요란한 엔진 소리가 뚝 끊기자 사위가 갑자기 고요해졌다. 할아버지 집에 도착한 규환은 차에서 내리자마자 바로 눈앞에 보이는 허수아비를 보고 눈살을 찌푸렸다. 할머니가 살아계셨을 때는 명절마다 이곳에 오는 게 좋았지만, 저 허수아비가 생기고 나서부터는 오기가 싫어졌다. 엄마도 같은 마음이었기에 규환이 고등학생이 되고 나서 공부시킨다는 핑계로 모녀는 발길을 끊었다.
 규환이 자신의 말을 듣지 않았다는 이유로 엄마는 또다시 오는 내내 입을 다물었다. 그래서 한동안 화난 게 오래 갈 줄 알았다. 엄마는 도착 후, 규환처럼 밭둑에 늘어선 허수아비를 보고는 복잡한 표정을 지었다. 그러더니 이삿짐 옮기려는 규환을 만류했다.
 "얼마 되지 않으니까, 아빠랑 엄마랑 옮길게. 규환이 네 짐부터 옮길 테니까, 신경 쓰지 말고 네 방이나 꾸며."

"그래. 엄마 말대로 해."

우물쭈물하는 규환에게 아빠가 얼른 말했다. 더는 엄마의 심기를 건드리지 말라는 눈짓 하면서. 하는 수 없이 규환은 먼저 집 안으로 향했다. 파랗게 새로 칠해진 대문을 열자 끼익하고 열리는 쇳소리가 거칠다. 양손에 옷 가방을 들고 따라온 아빠가 머쓱하게 웃었다.

"새로 칠했어도 경첩이 녹슨 건 어쩔 수 없는 모양이야."

그렇게 말하고는 옷 가방을 바닥에 내려놓고 대문을 양쪽으로 활짝 열었다. 거슬리는 쇳소리에 인상을 찌푸리며 규환은 바닥에 있는 옷 가방을 들었다. 제법 묵직했지만, 아예 못 들 정도는 아니었다.

"아이참, 그냥 둬. 무겁단 말이야."

"괜찮아. 이 정도는 나도 들 수 있어."

"에헤이, 그래도 우리 공주님은 아빠가 있으니 이런 무거운 건 들지 않아도 돼."

아빠는 기어이 가방을 빼앗아 앞장섰다. 입술을 삐죽 내밀며 그 뒤를 따라가자 아빠는 안방 맞은편 방의 미닫이문을 열었다. 마루 위로 올라가려고 댓돌 위에서 신발을 벗으며 규환은 한숨을 내쉬었다. 서울의 아파트가 벌써 그리워졌다. 그냥 나무 문이 아닌, 창호지가 덧발라진 미닫이문이라니. 대체 언제 적 문일까?

'조선 시대는 아니겠지?'

종이 한 장으로 자신의 프라이버시가 가려질 수가 있을까? 전혀 그럴 일이 없다고 장담한다. 그 맘도 모르고 아빠는 허허 웃기만 했다.

"여기 네 책상이랑 침대, 옷장 다 있으니 정리만 하면 돼! 뭐 필요한 거 있으면 아빠한테 말하고."

규환은 기분 나쁜 티를 내지 않으려고 입술을 꾹 다물며 고개를 끄덕였다. 아빠도 뭐 이 상황이 그다지 달갑지 않으리라. 그러니 애써 저렇게 웃기만 하겠지.

"어어 여보. 내가 할게. 아이참 그거 무겁다니까."

아빠는 허둥지둥 신발을 신고 트럭에서 커다란 상자를 들고 오는 엄마에게 달려갔다. 괜찮다, 아니다, 실랑이를 벌이는 부모님에게서 돌아선 규환은 방으로 들어갔다.

"저 허수아비는 왜 그대로 두는 거야? 뽑아버리지 않고."

"그동안 바빠서. 내일 할게. 가벼운 거 들어. 이거 무겁잖아."

부모님의 대화를 흘려들으며 규환은 가방에서 옷

을 꺼내 정리하기 시작했다. 붙박이장이 아닌 오래전부터 있었던 낡은 옷장에 옷들을 걸었다. 옷을 정리하고 방문 앞에 놓인 짐에서 참고서와 책, 그리고 노트와 필기구를 책상에 올려놨다. 꼭 필요한 것만 챙겼는데도 방 안이 금세 꽉 찼다. 책상과 침대가 두 걸음이면 닿을 정도로 예전 방보다 현저히 작은 방이었다. 규환은 다시금 울적해진 기분으로 열린 문밖을 바라봤다.

어느새 담 너머 멀리 펼쳐진 논밭에 불그스름한 햇살이 내려앉았다. 산꼭대기로 넘어가는 노을이 어둠을 빨아들이고 있었다. 허수아비들이 선 곳은 벌써 어둑어둑했다. 그 분위기 때문일까. 바람 한 점 없어 나부낌도 없이 가만히 서 있는 그것들이 덜컥 무서워졌다.

드르륵. 밖을 보던 규환은 갑자기 맞은편의 안방 문이 열리는 소리에 고개를 돌렸다. 반쯤 열린 문 사이로 어둑한 방 안이 보였다. 방 정리를 하느라 엄마나 아빠가 방으로 들어가시는 걸 못 봤구나 싶어서 계속 그곳을 보는데 불쑥 노인의 얼굴이 나타났다. 할아버지가 고개를 쭉 빼 규환을 올려다봤다. 입술을 양옆으로 끌어올려 히죽 웃는 그 모습에 규환은 비명을 질렀다.

"꺄악!"

"규환아? 왜 그래?"

"무슨 일이야?"

비명에 놀라 부엌과 대문에서 엄마와 아빠가 달려왔다. 규환은 얼굴을 가렸던 손으로 안방을 가리켰다. 다시 눈이 마주칠까 봐 눈을 질끈 감고 더듬거리며 말했다.

"저기에, 하, 할아버지가……."

말하고 나니 그럴 리가 없다는 걸 깨달았다. 할아버지는 돌아가셨으니까. 그럼에도 그 말에 아빠가 쿵쾅쿵쾅 발소리를 내며 안방으로 가 문을 열었다. 드르륵. 열리는 문소리에 다시 어깨를 움츠리고는 규환은 조심히 감았던 눈을 떴다. 아빠는 컴컴한 안방에 불을 켰다. 엄마가 잰걸음으로 신발을 벗고 마루 위로 올라섰다. 부엌을 청소 중이었는지 한 손엔 빗자루가 있었다. 규환은 달려가 엄마의 팔을 붙잡고 아빠의 뒤로 갔다.

낮은 선반 위에 텔레비전, 오래된 장롱, 엄마를 위한 화장대 외에 별다른 건 없었다. 이내 아빠가 벽 쪽에 가서 고리를 잡아당겼다. 덜컹거리며 열린 문 사이로 다락으로 올라가는 계단이 보였다. 안쪽에 있는 스위치를 누르자 다락에 주황빛 백열등이 켜졌다. 아빠는 계단 위로 올라가 다락을 둘러보고 내려왔다. 그리고 겁에 잔뜩 질린 모녀를 보고 너털웃음을 지었다.

"규환이가 요즘 피곤했나 보다. 쥐새끼 한 마리도 없어. 잘못 본 거야."

"……응. 그런가 봐."

'그렇겠지. 어떻게 할아버지가 계시겠어?'

규환은 고개를 끄덕였다. 아빠의 말처럼 요즘 스트레스를 받아 헛것을 본 게 분명했다. 그걸 인정하니 두려움에 제멋대로 펄떡펄떡 뛰던 심장이 조금씩 가라앉았다. 하지만 규환이 할아버지 얘길 했을 때 모두가 겁에 질린 것은 분명했다. 그럴 수가 없다는 걸 뻔히 알면서도.

"어머 벌써 시간이 이렇게 됐네. 밥 먹어야겠다."

엄마가 빗자루를 든 채 부엌으로 돌아갔다. 아빠도 별다른 말 없이 마루에 불을 켜고 대문 밖으로 다시 나갔다. 홀로 남은 규환은 여남은 공포심에 우물쭈물하다가 자신의 방 불을 켜고는 부엌으로 달려갔다.

3.

어두운 골목길을 비추는 가로등의 주황 불빛으로 나방들이 날아다녔다. 바닥에 나방들의 그림자를 짓밟으며 김혜정은 골목 끝에 있는 집으로 들어갔다. 작은 마당 한 편에 있는 텃밭을 가로질러 창백한 백색의 빛이 보이는 불투명한 현관문을 열었다.

"다녀왔어."

된장찌개 냄새가 진동하는 부엌에서 설거지하고 있던 동생 혜미가 옅은 미소를 짓더니 힐끗 안방을 돌아봤다. 반쯤 열린 어두운 방 안에서 텔레비전의 불빛과 다소 커다란 볼륨이 방 밖으로 흘러나왔다. 이어, 한숨 소리가 섞여들었다.

"에휴."

흘끗 보니 모로 누운 할머니의 인영이 보였다. 외박은 안 했을 뿐 언제나 늦게 들어오니 자신 때문에 화가 난 것 같지는 않고. 시선을 돌려 혜미를 보고 입술만 동그랗게 뻐끔거렸다.

'왜 저래?'

혜미의 짙은 눈썹이 축 처졌다.

"아이고 허리야. 안 아픈 구석이 없어. 언제까지 죽

지 못해 살려나. 에휴. 언제까지 팔자에도 없는 손녀 뒷바라지를 해야 하는지. 말이라도 고분고분 들어 처 먹으면 좀 좋아? 에휴."

혜정의 입술이 삐뚜름해졌다.

"내가 숙제하느라 저녁 식사를 늦게 차려드렸거든."

이제 중 3인 혜미는 혜정과는 다르게 모범생이었다. 공부든 숙제든 바로바로 하지 않으면 불안해하는, 조금은 이해 못 할 성격이다. 하지만 똑똑하기에 우리 집안의 희망이라며 추켜세운 건 할머니 본인 아니던가. 고작 밥 좀 늦게 차린 것으로 잔소리하기는.

"금쪽같은 아들 일찍 보낸 것도 서러운데, 어미란 년은 딸자식들 늙은 시어미한테 맡기고. 저만 잘살겠다고 서울로 도망이나 가버리고 말이야."

어릴 때부터 듣던 뻔한 레퍼토리였음에도 혜정은 눈에서 불이 났다. 할머니는 자매들한테 화가 나거나 빈정 상할 때마다 엄마를 욕했다. 툭하면 잘 벼린 칼날 같은 혀로 자매들을 쑤셔댔다. 그럴 때마다 혜정은 소리쳤다.

'엄마는 돈 벌러 간 거라고!'

이를 악물고 안방으로 가려는 혜정의 팔을 혜미가

붙들었다. 저러다 마는 걸 익히 아는 혜미는 싸움으로 변하는 걸 원치 않았다. 괜한 에너지와 시간 낭비라는 것이다. 부딪혀 싸워도 상대가 들으려고 하지 않으니까.

혜미는 그 부분에선 포기를 했을지라도 혜정은 엄마가 얼마나 고생했는지를 생생하게 기억했다. 아빠 병원비를 벌겠다고 잠도 못 자고 밤낮으로 일했는데, 아빠가 죽고 남은 건 빚이었다. 그 돈을 갚겠다고 엄마는 서울로 간 것이었다. 그걸 도망친 거라며 욕하다니.

혜정은 분에 못 이겨 자신을 붙든 혜미의 손을 뿌리쳤다. 이러니 집에 들어오기 싫지. 혜정은 집 밖으로 뛰쳐나왔다. 혜미가 급히 자신을 불렀으나 뒤돌아보지 않았다.

고요한 골목에 땅을 박차는 혜정의 운동화 소리가 쿵쿵 울렸다. 조도가 낮은 가로등 불빛에 짓이겨진 날벌레들의 검은 잔해가 흩어졌다.

혜정은 골목길을 휘돌아 달리다가 큰길로 나갔다. 오가는 몇몇 사람이 막 달려 나와 멈춰선 혜정을 흘깃거렸다. 허벅지를 붙들고 숨을 몰아쉬는 그녀를 이상하게 쳐다보고 제 갈 길을 갔다. 하나로 묶은 머리에서 삐져나온 머리카락이 눈가를 찔러댔다. 손등으로 땀과 함께 치워버린 혜정은 깊은숨을 내쉬었다.

이내 혜정은 고개를 들고 맞은편 슈퍼로 들어갔다. 달렸더니 목이 탔다. 냉장고에서 생수를 꺼내어 계산대로 갔다. 핸드폰으로 일일연속극을 보고 있던 아줌마가 혜정을 보고는 알은체했다.

"지금 집에 가는 거니? 일찍 다녀. 할머니 요즘 몸이 안 좋으시던데 속 썩이지 말아야지."

그 말에 혜정은 입을 꾹 다물며 교복 치마 주머니에서 돈을 꺼내 건넸다. 자기가 뭘 어쨌다고 다들 뭐라고 하는 건지 모르겠다. 얼굴 좀 안다고 뭐라도 되는 것처럼 훈계는. 금방이라도 터질 것 같은 분노를 애써 누르며 반항으로 인사도 하지 않고 돌아섰다. 뒤에서 아줌마가 혀를 찼다. 북받치는 숨을 내쉬면서 혜정은 슈퍼를 나서다가 문 앞에 있는 남자와 어깨를 부딪쳤다.

"아!"

아파서 어깨를 붙들고 소리를 내자 남자가 힐끗 혜정을 내려다봤다. 그는 반쯤 풀린 눈으로 자기도 어깨를 잡고 입을 열었다.

"아야……"

어깨를 붙든 손에 들고 있던 종이가 구겨졌다. 그에게서 진한 술 냄새가 났다.

"아이 씨발 뭐야."

'이제 하다 하다 별놈이 다 억까하네.' 혜정이 중얼거리자 남자가 고개를 숙였다.

"죄송합니다아."

그렇게 사과하고 남자는 휘청거리며 슈퍼 문 옆 기둥에 종이를 대고 주머니에서 꺼낸 투명 테이프로 붙였다. 안에서 이걸 본 아줌마가 나왔다.

"이 총각 또 왔네. 총각, 이거 여기다 붙이지 말라니까. 아휴 술 냄새. 어디서 또 이렇게 마셨대?"

혜정은 남자가 붙인 종이를 봤다. 실종된 사람을 찾는 내용이었다. 단정하게 양복을 입고 찍은 남자의 사진도 있었다.

"아이 사장님. 이거 며칠만이라도 붙일게요오."

"안 된다니까. 아직 이 동네에서 소라 아빠가 일하는데. 겨우 아픔 딛고 살아가는 사람이 이거 보면 얼마나 속이 시끄럽겠어? 그 사람한테 이건 상처라고!"

"하지만 이 사람도 불쌍한걸요."

"죽은 사람보다 산 사람이 더 불쌍하지!"

그 말에 남자가 아줌마를 빤히 쳐다봤다.

"안 죽었어요. 피디 님은……"

"아, 아무튼 안 된다면 안 되는 줄 알아! 나 원 참

살아있다면 그렇게 머리카락 한 움큼도 보이지 않는 게 말이 돼?"

구시렁거리며 아줌마는 가게 안으로 들어갔다. 얼결에 남자와 남게 된 혜정은 눈알을 굴렸다. 어떤 사연인지 모르겠지만 괜스레 남의 일 같지 않게 느껴졌다. 어딜 가나 문제아 취급받는 건 자기나 이 사람이나 같았다. 그래서인지 괜한 오지랖을 부리고 싶었다.

"아저씨."

남자가 혜정을 돌아봤다.

"그거 저 주세요. 그 소라 아빤지 누군지가 볼까 두려우면 그 사람이 보지 않는 곳에 붙이면 되잖아요. 제가 학교 게시판에 붙일게요. 요즘 애들 생각 없어 보여도 호기심도 많고 정의감도 남다르니까."

이런 얘길 자신이 할 줄이야. 내뱉은 말을 곱씹어 보니 초딩이 할법한 말이었다. 그래도 이왕 도와주기로 한 거. 애써 뻔뻔한 표정으로 호기롭게 손을 내밀었다. 남자는 가만히 혜정을 쳐다봤다. 그리고 말했다.

"아, 네 마음은 갸륵하지만 안 돼."

남자는 전단지를 반듯이 접었다. 이 슈퍼에 그걸 붙이겠다는 마음을 접은 것처럼. 제안이 거절당할 줄 몰랐기에 순간 부끄러워졌다. 입술을 삐죽 내밀며 물었다.

"왜요?"

"너희들은 자라나는 새싹들이니까. 날도 더운데 그만 뛰어다니고 조심히 들어가라. 아까는 진짜 미안."

"뭔 개소리……?"

어이가 없어 중얼거리는 혜정에게 손을 흔들며 남자는 미련 없이 돌아서서 갔다.

"뭐야. 간절해 보여서 도와줄까 했더니."

혜정은 남자에게서 시선을 떼고 돌아섰다. 생수 뚜껑을 열어 물을 마셨다. 그사이 더위에 미적지근해진 물이 메마른 목을 적셨다. 다시 한번 힐끗 멀어지는 남자의 뒷모습을 본 혜정은 천천히 골목길로 걸어갔다.

아침에 혜미가 부지런 떠는 바람에 늦잠도 못 자고 혜정은 일찍 학교로 향했다. 혜미는 자기가 동생이면서도 아침부터 잔소리를 해댔다. 기분 나쁘다고 아무한테나 시비 걸지 마라. 자기보다 공부를 못해도 좋으니 수업은 착실히 들어가라. 얼굴 까매지겠다, 집에 일찍 일찍 들어와라. 전날 할머니한테 혼자 욕먹은 동생에게 미안해서 혜정은 순순히 알겠다고 답했다.

가물거리는 두 눈을 끔뻑이고 절로 나오는 하품을

늘어지게 하며 인도를 따라 걸었다. 학교에 가까워질수록 버스에서 내리는 학생들, 부모차로 등교하는 학생들, 자전거를 탄 채 걷는 학생들 사이를 곡예 하듯 피하는 학생들로 북적였다.

"혜정쓰!"

버스에서 막 내린 이은지가 혜정을 발견하고 달려왔다. 혜정의 팔에 매달리는 은지의 얼굴에서 광이 났다. 꾸미지 않은 것처럼 보이지만 자연스럽게 화장한 얼굴. 옅은 분홍색 틴트를 바른 입술이 그걸 말해주고 있었다. 저렇게 꾸미기 위해 얼마나 일찍 일어났을까.

"말도 마. 엄빠 새벽에 젖소 밥 준다고 일어날 때 같이 일어나서 공들인 작품이야. 수학 숙제도 포기하고 일찍 잤으니 망정이지. 청하 여고 4대 얼짱이 괜히 되는 게 아니라니까."

혜정의 속마음을 알아챘는지 은지가 투덜댔다. 공들이지 않아도 한여름의 햇살처럼 반짝반짝 빛나는 예쁜 아이다. 가만히 있어도 남다른 존재감으로 누구든 은지를 안 보곤 배길 수가 없었다. 지금도 그들이 지나갈 때마다 남학생들이 홀린 듯이 쳐다봤다.

"숙제가 있었어?"

"친구야, 난 네가 있어 든든하다."

"학교에 나오는 것도 지겨운데 이렇게 제때 등교하는 것만으로도 대단한 거지. 아, 근데 언제 여기에 실종 사건 같은 거 있었어?"

"응? 실종?"

"아니, 어제 이상한 사람을 만났는데 말이야……."

혜정은 말하다 말고 교문 앞에서 울먹이는 아줌마를 봤다. 그녀는 사복을 입고 있는 한 아이의 손을 꼭 잡은 채 손수건으로 연방 눈가를 닦아냈다.

"엄마가 이따가 교복 사러 갈 거니까 내일부터 입겠다고 선생님께 말씀드리고."

"알았어. 걱정하지 마. 왜 울고 그래?"

아줌마는 이곳과는 어울리지 않아 보였다. 단정한 치마 정장 차림에 또렷한 이목구비, 은지보다 조금 짙은 화장을 했으나 전혀 촌스럽지 않은. 뭔가 풍기는 분위기가 도시 사람의 이미지였다. 만약에 엄마를 만난다면 저러지 않을까 하고 막연히 생각한 모습이었다. 우아하고 고생이란 걸 모르는 고운 사람. 우리 엄마와는 정반대일 사람. 그런 아줌마는 뭐가 불안하고 그리 걱정인지 학교와 자기 자식을 번갈아 보더니 손수건으로 입을 막았다. 금방이라도 터져 나오려는 울음을 삼키려는 듯이.

"그냥 좀 속상해서 그래. 우리 규환이 힘들어서 어떡하지? 엄마 아빠가 미안해서."

"난 괜찮으니까 제발 여기서 이러지 좀 마……."

규환이란 아이가 당황하며 지나가는 학생들을 곁눈질했다. 사복이라 충분히 눈에 띄는데 엄마까지 사연 있는 것처럼 울어대니 감성이 풍부한 학생들이 저마다 상상의 나래를 숙덕거리며 지나치고 있었다.

'아니 누가 잡아먹냐고.'

괜스레 그 모습이 못마땅한 혜정은 입술을 비죽거렸다. 보아하니 새로 전학을 와서 첫 등교인 것 같은데 그 엄마가 유난이었다. 그때 은지가 혜정의 옆구리를 툭툭 쳤다.

"헐, 대박. 쟤네 집 부자인가 봐. 쟤 입은 거랑 가방이랑 신발 모두 비싼 거야. 가방 뭔 일! 저거 w사의 디자이너 브랜드인데 아이돌 카나리아가 들었다는 이유로 품절템이야. 프리미엄이 엄청 붙어서 구할 수도 없다고. 사이트에서 본 것보다 훨씬 더 예쁜 것 같아."

은지가 감탄했다.

"그래?"

혜정의 눈엔 다 거기서 거기 같았다. 명품이 좋은지도 모르겠고. 하지만 은지가 그렇다면 그렇겠지.

"가자."

혜정은 샤땡인지, 에땡인지, 똥인지, 된장인지를 읊으며 감탄하는 은지를 끌고 교문을 지나갔다. 본관에 도착해서 교실로 갈 때까지 엄마와 그 딸은 떨어지지 못하고 그 자리에 있었다. 언제까지나 서로의 곁에서 영영 붙어있을 것처럼.

"별 지랄은."

"안녕!"

은지가 먼저 교실로 들어가며 친구들에게 인사했다. 뒤이어 온 혜정이 은지의 뒤에 앉자 창가에서 저들끼리 수다 떨던 화영과 슬기가 다가와 그 옆에 앉았다.

"왔어?"

"어."

"화영아 너 수학 숙제했어?"

은지의 물음에 혜정의 옆에 있던 화영이 웃음을 터트렸다. 은지가 한숨을 쉬었다.

"내가 괜한 걸 물었다. 반장, 나 수학 숙제 좀 보여줘!"

"그냥 혼나고 말아."

끼어든 화영의 당찬 말에 은지가 고개를 저었다.

"안 돼. 이번에 점수 올리기로 엄마하고 약속했거

든. 졸업하고 서울에 보내주겠다고 했단 말이야."

슬기가 놀란 눈을 했다.

"너 정말 연예인 하게?"

"뭘 새삼스레 놀라고 그래? 이 정도 미모면 배우 정도는 해줘야 되는 거 아니겠어?"

은지는 양손으로 얼굴을 받치고 미소를 지었다.

"그래 우리 은지 하고 싶은 거 다 하자!"

화영이 손뼉 치면서 말했다. 은지는 화장품이 든 파우치를 챙겨 앞자리에 앉은 반장에게 갔다. 한두 번 숙제를 부탁한 게 아니어서인지 반장은 미리 공책을 꺼내두었다.

"반장, 너 앞머리 왜 옆으로 넘겼어? 넌 이마가 넓어서 앞머리로 살짝 가려줘야 예쁘다니까. 내가 못 살아. 이리 와 봐봐. 이렇게 앞머리를 모아 구르프를 말아주고 헤어스프레이를 살짝 뿌리고. 담임 오기 전까지만 이러고 있어. 알았지? 아이참, 입술은 왜 갈라졌어? 너 요즘 무리하나 보다. 이것 좀 발라봐. 내가 안 쓰는 립스틱으로 만든 립밤인데, 이거 너 줄게. 반장, 조금이라도 아프지 마. 나 너무 속상하다. 진짜."

바쁜 부모님을 대신해 할머니 손에서 자란 은지는 세상에 공짜는 없다는 할머니의 가르침 대로 저렇게 숙제 하나를 빌려도 자신이 줄 수 있는 것을 줬다. 일종의 물물교환? 혜정은 그런 은지가 새삼 쿨하게 보였다.

"쟨 배우 대신 영업직이 천직 같아. 저 꽉 막힌 반장을 단골로 만들었잖아."

화영이 중얼거렸다.

"담임 온다!" 누군가의 말에 교실이 잠시 제자리를 찾아가는 아이들로 소란해졌다. 반장에게 숙제 보여줘서 고맙다는 말까지 한 은지가 제자리로 돌아왔다.

교실 문을 열고 들어오는 담임의 뒤엔 언제까지고 엄마와 교문 밖에 있을 것 같던 진학생이 있었다. 잔뜩 긴장했는지 시선은 갈 곳을 잃었고 움직임은 뻣뻣했다. 손가락을 계속 꼼지락거리는 모습에서 절로 코웃음이 났다. 그 소리에 화영이 혜정을 봤다.

"뭐가 이렇게 시끄러워. 자자 주목. 오늘 새로 온 친구가 있다. 서울에서 왔고 우리 학교에 대해서 잘 모르니 서로 잘 알려주길 바란다. 자기소개하고 저기 빈자리로 가."

"안녕. 반가워. 나는 황규환이라고 해. 친하게 잘 지내자."

기어들어 가는 목소리에서 혜정은 확신했다. 쟤랑은 절대 친해질 수 없을 거라고. 그냥 모든 게 마음에 들지 않았다.

"왜? 아는 애야?"

불만스러운 혜정의 얼굴을 본 화영이 물었다.

"아니, 그냥 짜증 나서."

"그래?"

화영은 쭈뼛거리며 빈자리로 걸어가는 전학생을 보다가 앞에 앉은 슬기를 툭 쳤다. 슬기가 돌아보자 화영이 전학생을 향해 눈짓했다. 그리고 휴대폰을 들어 반 전체 단톡방에 들어갔다. 잠시 뒤 반 전체의 휴대폰에 알림이 울렸다. 선생님이 무음으로 하라고 잔소리하며 조회를 이어나갔다. 재빨리 휴대폰을 본 은지가 화영을 봤다.

"난 찬성."

휴대폰을 본 몇몇 아이들은 한숨만 쉴 뿐 이내 모른 척하며 선생님을 봤다.

오늘부터 전학생과 친해질 때까지 말 섞지 말 것.

4.

규환은 숨을 크게 들이켰다. 어느새 청하에 온 지 삼 일이나 지났다. 수업은 생각보다 따라가기 어렵지 않았고 주변에 익숙해지느라 시간이 빨리 지나간 것 같았다.

어제 학교 앞에서 엄마가 덜컥 우는 바람에, 물론 엄마가 울어서 당황도 했고 그런 엄마가 안쓰럽기도 했지만, 그 때문에 놀림거리가 되지 않을까 하는 걱정도 들었다. 다행히 자신에 대한 별다른 소문이 들리지 않는 것으로 보아 아이들은 크게 신경 쓰지 않는 것 같았다.

그런 아이들에게 어떤 말이라도 걸어야 하는데 아직 선뜻 용기가 나지 않았다. 빨리 친구를 사귀고 싶었지만, 차마 입이 떨어지지 않았다. 누군가가 먼저 다가와 주길 바란 건 욕심일까. 내내 교실에 앉아 눈만 굴렸다.

점심시간이 끝날 때쯤 규환이 교실로 돌아오자 아이들이 몇 명밖에 없었다. 시간표를 보니 다음은 음악 시간이었다. 몇몇 아이들이 교과서를 들고 반을 나서고 있었다. 규환은 급히 그 아이들을 불렀다.

"저기!"

"어?"

규환의 부름에 한 아이가 얼결에 멈춰서 대답했다. 안도의 숨을 내쉰 규환이 그 아이에게 물었다.

"혹시 음악은 교실 이동하는 거야?"

"응. 음악실로……"

아이가 대답하다가 옆 친구가 옆구리를 쿡 찌르자 입을 다물었다. 그때 누군가가 규환의 팔에 팔짱을 꼈다.

"내가 알려줄게. 너희들은 먼저 가."

"으, 응."

그 아이의 말에 아이들은 고개를 끄떡이고 재빠르게 사라졌다. 규환은 자신을 보고 빙긋 웃는 아이를 봤다.

"아직 내 이름 모르지? 난 박화영이라고 해. 그리고 쟨 김슬기. 전학 와서 정신없을 텐데 친하게 지내자. 너 공부 잘한다며? 담임이 그러더라. 우리도 좀 알려줄 수 있어?"

"우리가 공부를 좀 못하거든."

슬기가 다가와서 규환의 반대편 팔짱을 꼈다. 규환은 친구들의 행동에 고개를 끄덕였다. 기꺼이 자신에게 먼저 다가와 준 이 친구들을 위해 아는 건 뭐든 알려주고 싶었다.

5교시 종이 울렸다. 복도 창으로 교실을 찾아 뛰어가는 학생들이 보였다.

"미안. 어서 교과서 챙길게."

규환은 자리로 가서 가방에서 음악책을 꺼냈다. 어느새 교실에 셋뿐이었다. 슬기가 뒤로 가 문을 잠갔다. 규환이 아무 생각 없이 필통까지 챙겨 들었을 때 뒤늦게 들어온 은지가 앞문을 닫았다. 탁하고 닫히는 문소리에 규환은 은지를 보았다. 은지는 가벼운 발걸음으로 들어와 책상에 기대어 앉으며 손을 흔들었다.

"혜정이는?"

"먼저 가 있지. 이런 거 관심 없잖아."

슬기의 질문에 은지가 대꾸했다.

"이게 다 누굴 위한 건데."

아쉬움이 들어 화영은 샐쭉거렸다. 전학생한테 짜증이 난 혜정의 기분을 풀어주고 싶어 벌인 일인데, 정작 당사자가 없으니 귀찮은 마음마저 들었다.

규환은 이 상황이 뭔지 몰라 어리둥절한 표정을 지었다.

"빨리 안 가면 혼날 텐데……."

규환이 중얼거렸다. 왁자했던 교내가 수업 시간이 되자 순식간에 고요해졌다. 옆 반에서 선생님께 인사를 하는 소리가 들렸다. 그런데도 아이들은 움직이지 않고 피식 웃기만 했다.

"그냥 혼나고 말지 뭐."

"어? 왜 그러는데?"

화영의 말에 규환은 교과서를 끌어안았다.

"안 돼. 빨리 가봐야 하거든. 빨리빨리 하자."

은지가 재촉하자 두 아이가 서로 눈짓을 주고받더니 코웃음을 쳤다. 규환은 이리저리 눈치만 살폈다. 분위기가 이상해지고 있었다. 아까 나가던 아이들이 화영을 보고 멈칫하던 것과 황급히 음악실로 가던 모습이 떠올랐다.

'아.' 규환은 뒤늦게 이 아이들이 자신에게 호의적이지 않다는 걸 깨달았다. 왜라는 것보다는 먼저 이곳을 빠져나가야 한다는 생각이 들었다. 그래서 뒷걸음치다가 틈이 벌어지자 재빨리 뒷문으로 달려갔다. 그때 근처에 있던 슬기가 발을 걸었다.

우당탕탕.

규환은 책상 위로 쓰러져 옆구리를 부딪히고 바닥에 엎어졌다. 밀린 책상이 의자와 나뒹굴었다.

"친해지자고 하는데 왜 도망가? 너 우리가 싫어?"

고통에 숨도 제대로 쉴 수가 없었지만, 규환은 자리에서 일어났다. 잡으려는 슬기의 손을 뿌리치며 뒷문에 손을 댔다. 그러나 금세 뒷덜미가 붙들렸다. 소리라도 지를 새라 달려온 화영이 규환의 입을 막았다. 벗어나려고 했지만, 슬기까지 가세하자 꼼짝도 하지 못했다. 눈물이 차오른 규환의 두 눈에 두려움이 가득했다.

"얘들아 그만. 진짜 다치겠어."

은지가 아이들 앞으로 다가왔다.

"규환아, 진정해. 우린 그저 얘기하려고 남은 거야. 겁먹지 말고. 왜 힘쓰게 만들어. 그냥 얘기 좀 하자니까. 친해지고 싶어서 그래. 너 친구 필요하니까. 나도 너랑 친해지고 싶거든. 우리 다 부자 친구를 사귀고 싶어. 그치?"

은지가 친구들에게 의견을 구했다. 아이들이 키득거리며 동조하자 이어 말했다.

"너도 엄마한테 친구 사귀었다고 말하고 싶잖아. 어제 너희 엄마 얼마나 널 걱정하며 우시던지, 내 마음이 아프더라고. 그러니까 너도 우리랑 친구 할래?"

은지가 해맑은 표정으로 고개를 갸웃거렸다. 마치 정말 규환과 친해지고 싶다는 듯이. 규환의 눈에서 눈물이 뚝 하고 떨어졌다.

"왜 울어? 누가 보면 우리가 괴롭힌 줄 알잖아. 아니야, 그런 거. 아, 아까는 너 혼자 넘어진 거다."

머뭇거리다가 규환은 고개를 끄덕였다. 화영은 전학생이 잔뜩 겁에 질려 하자 만족하고는 붙든 손을 뗐다. 슬기도 따라 손을 놓았다. 비틀거리던 규환은 간신히 바로 섰다. 은지는 할 말이 더 남았는지 교복 주머니에서 립밤을 하나 꺼내 규환에게 건넸다.

"내가 만든 립밤인데 친구가 된 기념으로 이거 너 줄게. 근데 너 가방 말이야. 그거 예쁘더라. 나 좀 빌려주면 안 돼? 다음 주에 오디션이 있거든."

그 말에 기가 찬 건 화영이었다. 점심시간에 이 일을 꾸밀 때 어쩐 일로 은지가 먼저 자신이 전학생에게 말하겠다고 나섰다. 그 목적이 전학생의 가방이었다니. 절로 욕이 나왔다. 얍삽한 년.

"이야 기회를 놓치지 않네."

빈정거리는 화영을 은지가 흘겨봤다. 그리고 다시 생글생글 웃으며 은지는 규환의 주머니에 립밤을 넣었다.

"고마워. 스크래치 하나 없이 아껴 쓰고 돌려줄게. 조금 늦었지만, 이제 음악실에 갈까? 규환아 같이 갈래?"

* * *

 여름의 땡볕으로 나온 사람은 규환뿐인 것 같았다. 어쩌다 차들이 지나갈 뿐 거리에는 사람이 없었다. 그렇기에 학교에 있을 학생이 흐트러진 교복 차림으로 거리에 나와도, 무릎의 상처에서 피가 흘러도, 아무도 보지 못했다. 터벅터벅 걷는 발걸음이 무거웠다. 온몸은 물먹은 솜처럼 가라앉았다. 하지만 멈출 수 없었다. 도망치고 싶었다. 학교에서, 지금 처한 이 상황에서. 시내에서 벗어나 개천을 잇는 다리를 건넜다.

 다리 하나를 건넜을 뿐인데, 인도가 사라졌다. 바람 한 점 없고 나무 그늘도 없는 4차선 도롯가를 걸었다. 가끔 쌩쌩 지나가는 차들이 짧은 경적을 울렸다. 얼마나 걸었을까. 집으로 향하는 산이 시작되었을 때, 한 줌밖에 없던 그늘이 아닌 녹음이 펼쳐진 도로에 들어섰을 때, 규환은 참았던 울음을 매미와 함께 터트렸다.

 대체 왜 이런 일이 자신에게 일어났는지 모르겠다. 집이 망해서 여기에 온 것도 애써 참고 있는데 다니는 학교에 일진들까지 자신을 괴롭히다니. 규환은 그들의 폭력에 속절없이 당한 것이 분하고 수치스러웠다. 은지가 친구 해주겠다고 했을 때 싫다고 하지 못한 것에 짜증이 났다. 아빠가 생일 선물로 준 가방을 빼앗아 가도, 이렇게 맨몸으로 쫓겨나도. 선생님이나 부모님이나 그 누구에게도 이 모든 일을 말 못 할 것이 뻔해 화가 났다.

그리고 내일도, 모레도, 계속 이렇게 당하고 있겠지.

억울하고 화가 나고 슬퍼서 눈물이 하염없이 흘렀다. 도롯가를 걷다가 집으로 향하는 산길을 가로질렀다. 땀 냄새와 피 냄새를 맡은 산 모기들이 달려들었다. 손등으로 모기들을 내쫓으면서도 모든 게 못마땅했다.

'왜 다 나를 괴롭히지 못해서 안달이야?'

산밑으로 내려오자 눈앞에 너른 밭과 그 주위에 선 허수아비들이 나타났다. 기분 나쁜 것들. 규환은 잡초가 뒤엉킨 바닥에서 돌을 찾아 그것들에게 힘껏 던졌다. 몇 개가 날아가 허수아비의 머리며 팔다리를 맞췄다. 온 산에서 매미가 일제히 울고, 산새가 날아올랐다.

이번엔 나무막대기로 낡아빠진 검은 잠바를 입은 허수아비를 내리쳤다. 물리적 충돌에 허수아비가 덜컥이며 움직였다. 그것이 마치 은지인 듯, 그 옆에 있는 허수아비들이 자신을 움직이지 못하게 붙들던 화영과 슬기인 것 같아 때리고 발로 차고 소리를 내질렀다.

"죽어! 죽어버려! 가만히 있는 날 괴롭히는 것들 다 죽어버려!"

쌓아두었던 모든 걸 분출했다. 그냥 다 싫었다. 이런 시골에 와서 고립되었다는 그 느낌이 싫었다. 이것을 참고 인내를 해야 하는 것도.

"싫어! 싫어! 싫어!"

강하게 내리치던 나무막대기가 일순 부러졌다. 삐끗하며 놓치는 바람에 날카로운 모서리에 손바닥이 찢겼다. 손을 붙들었지만, 피가 뚝뚝 바닥에 떨어졌다. 이를 악물었다. 피를 보니 눈앞이 아득해졌다. 규환은 상처 난 손으로 눈앞의 허수아비 뺨을 올려 쳤다.

"죽어버려!"

그 말을 내뱉고 규환은 집으로 달려갔다. 산그늘이 지고 바람이 불었다. 귀가 먹먹하게 울어대던 매미의 울음이 일순 멈췄다. 언덕길을 올라 대문 앞에서 멈춘 규환이 뒤를 돌아봤다. 어둑한 곳에서 규환의 화를 받아냈던 허수아비가 이쪽을 향하고 있었다. 덜컥 겁이 난 규환은 집으로 얼른 들어갔다.

* * *

 은지는 가족들과 저녁 시간을 보내고 방으로 들어왔다. 열어둔 창으로 밤벌레의 울음이 들렸다. 은지는 선풍기를 켜고 책상 앞에 앉았다. 탁상 거울 속의 얼굴을 들여다봤다. 선크림을 꼼꼼히 발랐음에도 강렬한 햇빛에 얼굴이 울긋불긋했다. 속상한 마음에 서랍에서 마스크팩을 꺼냈다.

 연예인이 되겠다는 꿈은 확고했다. 아예 가능성이 없는 것도 아니다. 얼굴도 예쁘고 꾸미는 것도 좋아하고. 연기?

 '내가 엄마한테 용돈을 어떻게 뜯어내는지 보면 다들 인정할걸. 그리고 오늘도 봐.'

 은지는 콧대를 세우다가 침대 옆에 둔 쇼핑백을 봤다. 절로 웃음이 나왔다. 너무 좋아 몸서리까지 치며 은지는 쇼핑백 안에서 가방을 꺼냈다. 언제나 휴대폰이나 화면으로만 보던 것을 이렇게 직접 실물로 볼 줄이야. 은지는 이 순간이 믿어지지 않았다. 반질반질한 촉감과 반짝이는 로고. 얼른 일어나 가방을 메고 전신 거울 앞으로 가서 요리조리 비춰봤다. 카나리아가 멘 모습도 예뻤지만, 그보다 자신에게 잘 어울렸다. 하긴

이 세상에 안 어울릴 게 있을까. 비싼 건 무엇이든, 휘황찬란한 건 무엇이든, 다 제 것처럼 잘 어울릴 것이다.

'이 모습을 보면 전학생도 인정할 수밖에 없을걸. 이 가방이 자신한테 얼마나 어울리지 않는지.'

일말의 죄책감도 없이 은지는 거울 앞에서 한참 가방을 멘 자신을 들여다봤다. 그때 방충망이 덜컹거리는 소리가 들렸다. 시선이 거울 속 창에 닿았다. 거기에 이목구비가 없는 하얀 얼굴이 이쪽을 보다가 사라졌다.

"꺅!"

화들짝 놀라 창문을 돌아봤다. 어둠이 자리한 저편에 불을 밝힌 우사만이 보였다. 분명 창밖에 뭔가 있었다. 은지는 천천히 창가로 가서 주변을 보고 창문을 닫았다. 갑자기 기분이 안 좋아졌다. 가방을 벗어 던지고 방 안을 서성였다. 평소 할머니가 하던 말이 떠올랐다.

"*무시하면 그들도 별다른 해코지를 하지 않아.*"

갑자기 양팔에 소름이 돋았다.

"아이씨."

은지는 할머니가 좋았다. 가끔 이상한 말을 할 때만 빼고. 종종 할머니는 은지를 두고 집안에 무당의 피가 흐르지만 그렇다고 무당 될 팔자는 아니니 걱정하지 말라고 말씀하셨다. 그 말에 무섭다고 질색하면 할머니는 그렇게 말씀하셨다.

"무시하면 그들도 별다른 해코지를 하지 않아."

'내가 뭘 잘못했나?'

손톱을 잘근거리던 은지는 바닥에 있는 가방을 흘깃거렸다. 물욕에 눈이 멀어서 잠시 잊었지만, 저건 엄연히 주인이 있는 것이었다. 잘못했다면 저것뿐이다. 대체 황규환이 누군데 귀신이 따라붙은 거지? 은지는 책상 위에 있는 휴대폰을 들었다.

* * *

화영은 혜정과 슬기랑 노래방에서 나왔다. 얼마 놀지 않은 것 같은데 밖은 벌써 어두웠다. 해가 졌는데도 공기는 후덥지근했고 묵직한 바람결에 흙냄새가 피어올랐다. 비가 온다고 했던가?

"어휴, 더워."

다시 노래방으로 들어가 에어컨을 쐬고픈 마음이 간절했다. 텅 빈 집에 밤늦게까지 혼자 있기 싫었다. 친구들이랑 종일 같이 노는 게 너무 즐거웠다. 그러나 슬기는 곧 막차 시간이었고 혜정은 동생 때문에 집에 갈 시간이었다.

아쉬워하며 아이들과 헤어진 화영은 기운 빠진 발걸음으로 큰길에서 동네로 가는 길로 접어들었다. 편의점에 들러 저녁 대신 삼각김밥과 콜라를 샀다. 계산하고 나오는데 갑자기 비가 쏟아졌다.

"아이씨 뭐야."

화영은 여름이 싫었다. 덥고, 각종 벌레에, 시도 때도 없이 내리는 비까지. 손바닥으로 머리를 가리며 화영은 뛰기 시작했다. 금세 고인 물웅덩이에 운동화가 푹푹 빠졌다. 빗줄기에 가로등 불빛이 번져 거리는 평소보다 어두웠다.

찰박찰박.

화영은 멈춰 섰다. 자신의 발소리가 아닌, 뒤에서 누군가가 빗길을 따라 뛰는 소리가 들렸기 때문이다. 그러나 거리에는 아무도 없었다. 빗방울이 지붕이나 간판에 떨어지는 소리를 잘못 들었나? 화영은 다시 뛰었다. 삼각김밥과 콜라가 든 비닐봉지가 뜀박질에 요란하게 좌우로 흔들렸다.

화영이 사는 곳은 두 동이 일렬로 선 빌라였다. 꽤

높은 곳에 있어서 오르막길을 뛰어오는 데 숨이 차 화영은 빌라 입구에서 다시 멈췄다. 비에 홀딱 젖은 생쥐 꼴이었다. 화영은 젖은 교복에서 빗방울을 털어냈다. 그때 기울어진 가로등 불빛 사이로 검은 무언가가 뒤편으로 달려갔다.

찰박찰박 찰박찰박.

화들짝 놀라 고개를 돌리자 검은 옷자락 끝이 보였다. 아까도 잘못 들은 게 아니었다. 누군가가 쫓아온 건가? 그때 갑자기 휴대폰이 울렸다. 어찌나 깜짝 놀랐는지 비명까지 빽 질렀다. 입을 틀어막고 급히 주위를 둘러봤다. 빌라 사람들이 그 소리에 뛰쳐나오는 걸 원치 않았다. 화영은 황급히 전화를 받았다. 은지였다.

"여보세요?"

— 어, 난데. 잠시 통화 괜찮아? 뭐 좀 물어볼 게 있어서.

작게 속삭이는 은지의 목소리를 흘려들으며 화영은 다시 비 오는 주차장을 훑었다. 그냥 오는 길이 같은 사람이었을 거라 생각했다. 여전히 긴장으로 빠르게 두근거리는 가슴께를 눌렀다. 괜찮다고 다독이는 마음과 달리 계단으로 올라가는 발걸음은 빨랐다.

— 화영아? 듣고 있어?

"어, 말해."

이 상황에 자꾸 말을 거는 은지에게 짜증이 나다가도, 친숙한 목소리를 들으니 두려움이 조금 가셨다. 은지가 말했다.

— 전학생 있잖아.

"전학생? 아, 걔. 왜?"

4층 꼭대기의 집까지 올라가는 계단이 오늘따라 길었다. 탁탁탁. 공간에 울리는 자신의 발소리가 유난히 거슬려서 화영은 잠시 멈췄다. 또 누가 쫓아오는 게 아닐까 하고.

— 너 혹시 걔에 대해서 아는 거 있어? 어디 산다거나, 서울에 있던 애가 왜 여기에 왔는지 말이야.

그 말에 화영은 눈살을 찌푸렸다. 뜬금없이 그런 걸 왜 묻는 건지? 집 앞까지 올라온 화영은 숨을 가쁘게 내쉬었다.

"그런 걸 내가 어떻게 알아?"

불퉁하게 대꾸하며 도어락의 키패드에 비밀번호를 눌렀다. 그리고 문을 열고 후다닥 집 안으로 들어와 문을 잠갔다. 어둑한 현관에 센서등이 켜졌다. 화영은 비에 젖어 축축한 신발을 벗고 다급히 거실과 방 곳곳에 불을 켰다.

― 아니, 혹시 걔에 대해서 아는 애가 있을까?

"어떻게 알겠어? 걔 오자마자 반 전체가 무시했는데."

― 그랬나?

"그랬나는 무슨. 착한 척하면서 걔 물건 뺏은 게 누군데."

한결 마음이 편해진 화영은 아직도 물이 뚝뚝 떨어지는 비닐봉지를 식탁 위에 올려놨다. 그리고 젖은 양말을 벗어 세탁기가 있는 베란다로 향했다. 빗소리가 점점 커졌다. 가까이 다가가 보니 베란다 문이 열려있었다. 엄마가 환기시키려고 문을 열었나 보다. 방충창이 닫혀있다지만 빗발이 안으로 들이쳤다. 일단 베란다 끝에 있는 세탁기에 양말부터 넣었다.

― 야 너 무슨 말을 그렇게 섭섭하게 해?

화영의 말에 빈정이 상한 은지가 뾰족하게 대꾸했다.

"평소라면 성적 관리해야 한다며 빠져나갔을 텐데 어쩐 일로 먼저 하겠다고 그러더니. 그게 다 니가 그 가방 가지고 싶어서 우리 이용해 먹은 거 아냐?"

― 그건, 빌리는 거라고…….

"누굴 바보로 아나. 말만 그런 거 나도 알고 전학생도 알아."

탁. 순간 집 안의 불이 모조리 꺼졌다. 화영은 교복 블라우스 단추를 풀던 손을 멈췄다. 갑작스러운 정전에 다른 집도 불이 꺼졌는지 확인하려던 화영의 시선이 바닥에 사로잡혔다. 베란다 창으로 희미하게 비쳐드는 가로등 불빛 아래 드리워진 검은 그림자가 보였다.

맞은편에 이보다 높은 건물은 없었다. 불빛도 겨우 넘어 들어오는 4층에 사람 그림자라니 대체 어떻게 된 건지 이해가 되지 않았다. 덜컥 겁이 나서 그 어떤 생각도 나지 않았다.

"여, 여보세요? 은지야?"

애써 떨리는 목소리로 은지의 이름을 불러보지만, 화영의 말에 화가 난 은지는 이미 전화를 끊어버리고 난 후였다. *쏴아아*. 베란다에 빗소리만이 가득 차올랐다. '탁' 하는 소리가 들렸다. 그것이 방충창을 열고 있었다. 방충창에는 잠금쇠가 없었다. 그 누구든, 높은 곳에 누가 들어올 리 만무하다는 안일한 생각을 했던 게 분명했다. 화영은 황급히 안의 베란다 창문을 잡아 밀었다. 베란다 창은 닫으면 자동으로 잠겼다. 그렇다면 저 괴한은 집에 들어오지 못할 테니까. 빠르게 닫히던 창에 불쑥 팔이 들어왔다. 놀란 화영이 온 힘을 다해 창을 밀었다. 번쩍하고 비 오는 하늘에서 번개가 쳤다. 힐끗 밖을 본 그 순간 화영의 두 눈이 커졌다. 맞은편 베란다 난간에 매달려서 팔을 넣은 괴한의 얼굴은 없었다. 모자를 눌러썼다지만, 분명 잘못 본 것이 아니었다. 그건 사람이 아니었다.

"아악! 살려주세요!"

충격에 빠진 화영은 소리를 질렀다. 누구든 소리를 듣고 자신을 도와주었으면 했다. 천둥소리가 하늘을 찢을 듯이 울렸다. 악착같이 버텼으나 조금씩 문이 열렸다. 눈앞에서 허공을 헤매던 손이 점점 가까워졌다. 막아서는 힘이 점점 빠졌다.

화영은 집 안으로 도망치기로 마음먹었다. 거리를 재고 이를 악물고 눈앞의 거실로 뛰는 순간 검은 손아귀가 화영의 긴 머리카락을 낚아챘다. 헉 소리가 절로 나더니 몸이 뒤로 넘어갔다. 빗방울이 얼굴에 닿는다 싶더니 무언가가 화영을 끌어안았다. 화영은 그것과 함께 바닥으로 추락했다.

5.

촤라락촤라락. 덜컹덜컹.

규환은 잠결에 들리는 소리에 묵직한 눈을 떴다. 간밤에 얼마나 울었는지 눈꺼풀이 제대로 떠지지 않았다. 창호지 문이 새벽의 푸르른 빛으로 물들었다.

여전히 귀에 거슬리는 소리는 쉼 없이 계속 들렸다. 규환은 그 소리가 어디서 나는지 궁금했다. 몸을 일으키자 책상에 부딪힌 옆구리에서 통증이 일었다. 그곳뿐만 아니라 아이들이 억지로 붙들었던 곳마다 멍이 들었고 밴드를 붙인 무릎은 일어서자 쑤셔댔다. 신음을 흘리며 문을 밀었다.

산 내음이 실린 비 냄새가 밀려들었다. 전날 부모님께 다친 곳을 보여주기 싫은 규환은 친구들이랑 떡볶이를 먹고 들어왔다고 거짓말했다. 그리고 공부한다는 핑계로 방 안에만 있었다. 밤에 비가 내리는 소리를 듣긴 했다. 축축한 마루로 걸어 나가 밤새 켜둔 백열등 밑에서 밖을 봤다. 희뿌연 안개에 가려졌으나 비는 여전히 내리고 있었다.

촤라락촤라락 덜컹덜컹. 소리는 마당 한쪽 벽에 기대 세운 리어카에서 났다. 그곳으로 시선을 돌리니 할

아버지가 밑바닥이 드러난 리어카 앞에서 깡마른 두 팔을 쉴 새 없이 위아래로 움직여 댔다. 손바닥으로 리어카 바퀴를 굴리는 것이었다. 온몸이 젖어 들어가는 것도 모른 채 킬킬킬 웃으며.

안개 빗속에서 그 모습이 기괴했지만, 이번엔 이사 온 첫날처럼 놀라지는 않았다. 어차피 할아버지는 돌아가셨으니까. 현실 같지 않았다. 그렇다면 꿈인가?

"어서 앞장서거라. 허수아비들을 낚으러 가야지. 비가 온 뒤에 그것들이 올라오거든. 올라온다. 올라온다! 낄낄낄."

할아버지는 뭐가 그리 신나는지 웃어댔다. 저런 기분 나쁜 허수아비를 더 만들겠다고? 규환은 그 모습에 기분이 나빠졌다.

"내가 저것들의 왕이라고. 내 말 듣는 놈들이 많으면 많을수록 좋지!"

"하지만 할아버지는 돌아가셨잖아요. 그게 다 무슨 소용이에요?"

"뭐?"

그 말에 바퀴에서 손을 뗀 할아버지가 규환을 쳐다봤다. *촤라락촤라락.* 리어카 바퀴가 홀로 굴렀다. 할아버지가 다시금 히죽 웃었다.

"아가, 왕이 죽으면 그게 다 누구 것이겠냐?"

"규환아?"

엄마가 부르는 소리에 규환은 뒤를 돌아봤다. 안방 문 앞에서 엄마는 얇은 카디건을 걸치며 마루에 선 딸을 걱정스레 쳐다봤다.

"너 거기서 뭐해? 누구랑 얘기하는 거야?"

"어? 할아버지가……."

규환은 마당에 다시 시선을 돌렸다. 리어카 바퀴만이 구르는 텅 빈 마당을. 아……. 규환은 두 눈을 끔벅였다. 꿈이 아니었나? 아직도 꿈속에 있는 것처럼 몽롱했다. 엄마가 다가와 마당과 규환을 번갈아 보더니 두 손으로 딸의 볼을 감쌌다. 따뜻한 온기에 규환은 눈을 감았다.

"그냥 화장실 가려고 나왔어."

뒤늦게 웅얼거리자 엄마는 아무 말 없이 고개를 끄덕이며 아이를 끌어안았다. 산에서 피어오른 안개가 바람에 쏠려 흩어질 때면 허수아비들이 보였다. *촤라락촤라락.* 바퀴 소리는 끊임없이 이어졌다.

* * *

 간밤에 비가 언제 내렸냐는 듯, 등교할 때의 하늘은 맑게 개었다. 교실로 들어선 은지는 곧바로 화영을 찾았다.
 어젯밤 화영과의 통화로 은지는 화가 나서 밤잠을 설쳤다. 가방이 가지고 싶었던 것은 맞았다. 그렇다고 화영한테 그런 소릴 들을 정도는 아니었다. 전학생에게 심하게 굴었던 건 화영과 슬기였고 자신이 규환이에게 했던 말은 진짜였다. 진심으로 친구가 될 생각도 했다. 그 아이가 가지고 있을 다른 것에도 관심이 있었으니까.
 그래, 가방 빌리고 싶어서 그 순간 이용한 건 인정. 그렇다고 화영이 그렇게까지 자신을 비난하는 건 이해가 되지 않았다. 빌린 거 줄지 안 줄지 자기가 어떻게 알아?
 화영은 혜정이 있을 때는 은지에게 세상 다정하게 굴다가도 없으면 자기가 윗사람인 것처럼 굴었다. 마치 우리 사이는 혜정이 덕분에 친구일 뿐이라는 듯이.
 "화영이 왔어?"
 "아니, 아직."

슬기가 화영의 빈자리를 돌아보며 말했다.

'나쁜 계집애. 오기만 해봐라. 가만 안 둘 줄 알아!'

은지는 가방을 책상 위에 소리 나게 탁탁 올리며 기분 나쁜 티를 냈다. 뒤에서 엎드려 있던 혜정이 그 소리에 고개를 들었다.

"왜 그래, 무슨 일 있어?"

기민하게 은지의 기분을 알아차린 혜정이 묻자 은지는 입을 열다가 다물었다. 괜히 일러바치는 꼴이라 그냥 아무 일도 아니라고 대꾸했다. 그리고 자리에 앉아 가방에서 공책과 필통을 꺼내다 전학생이 앉아 있는 걸 발견했다. 곧 재도 어제 한 말이 진심이었다는 걸 알 것이다.

반장이 어깨에 멘 책가방을 붙든 채로 뛰어 들어왔다. 가쁜 숨을 몰아쉬며 반 아이들을 쳐다봤다.

"얘들아! 어제 화영이가 자기 집 빌라에서 뛰어내렸대."

"뭐?"

그 말에 혜정이 벌떡 일어났다. 교실이 술렁거렸다. 어제만 해도 함께 웃고 수업 듣던 친구였기에 다들 충격을 받았다.

"그래서? 화영이 괜찮대?"

이번엔 슬기가 묻자 반장의 얼굴이 어두워졌다. 살짝 내젓는 고개에 은지가 비명을 질렀다. 분명 어젯밤에 통화할 때만 해도 화영은 살아 있었다. 평소와 다름없는 목소리로 비아냥거리기도 했고. 스스로 극단적인 선택을 할 아이는 아니었다.

'대체 무슨 일이 일어났던 거지?'

그 생각에 이르자 은지는 간밤에 무언가가 창문 안을 훔쳐보던 게 떠올랐다.

'혹시, 가방?'

은지의 시선이 다시 규환에게로 향했다.

"어제 아빠가 그곳으로 출동 나가셨대. 병원으로 갔지만, 힘들었나 봐."

반장은 어깨를 축 늘어뜨린 채 자리로 갔다. 구조 대원인 그녀의 아버지 말이니 이 모든 건 사실일 것이다. 입을 틀어막던 슬기는 눈물을 흘렸다. 적막해진 교실 안에 탄식과 울음소리만이 들렸다.

"2반 반장! 너희 담임 선생님이 부르셔."

교실 문 앞에서 한 학생이 말했다. 반장은 가방을 내려놓고 교실을 나섰다. 은지가 자리를 박차고 밖으로 나가 교무실로 가는 반장을 붙잡았다.

"반장! 나 궁금한 게 있는데."

"궁금한 거? 아, 나도 아빠한테 들은 건 아까 말한 게 다라서."

반장은 하얗게 질린 은지의 얼굴을 보고 은지와 화영이 친했다는 사실을 상기했다.

"아니. 화영이 얘기가 아니라. 너 전학생에 대해서 뭐 좀 아는 거 있어? 어디에 사는지, 여기에 전학 왜 왔는지?"

"전학생?"

갑자기 다급하게 묻는 것이 전학생 이야기라 반장은 다소 의문의 눈초리로 되물었다. 은지가 고개를 끄떡이자 반장은 기억을 되짚었다.

"나도 걔하고 얘기는 잘 안 해봤지만, 선생님께 듣기론 아버지의 사업이 어려워져서 이쪽으로 왔다고 들었어. 아버지 본가가 이곳이라고. 무슨 마을이었지? 너희 집하고 가까워. 상현리 평야 지나서 그 허수아비들 많은 집 있잖아. 거긴 거 같더라고."

"뭐? 허수아비?"

은지는 소스라치게 놀랐다. 할머니가 돌아가시기 전, 허수아비 때문에 그 집 할아버지랑 싸운 적이 있었다. 삿된 것들을 만든다며 그것들이 사람을 홀려 죽이는 거라고. 없애버려야 한다고 했으나 그 누구도 할머니의 말을 듣지 않았다. 아빠마저 할머니가 노망난 게 아니냐며 투덜거렸으니까. 본인 땅에 허수아비가 좀 많을 뿐, 누가 왈가왈부할 수는 없긴 했다. 그 이유가 미신이라 더더욱. 하지만, 할머니의 말을 은지는 믿는다. 자신도 멀리서 허수아비를 보고 안 좋은 기운을 느낀 뒤로 그 근처에 발길도 두지 않았다. 할머니는 돌아가실 때까지 은지에게 허수아비 근처에 절대 가지 말라고 신신당부했었다.

"은지야, 너 괜찮아? 낯빛이 너무 안 좋아 보여."

반장의 걱정스러운 말이 귀에 들어오지 않았다. 간밤에 방 안을 기웃거리던 것을 다시 생각해봤다. 이목구비가 없는 것, 바로 허수아비였다.

은지는 반장에게서 등을 돌린 채 교실로 돌아왔다. 비보에 여전히 술렁이는 분위기도 신경 쓰이지 않았다. 오로지 전학생만 보였다. 황규환은 무감한 표정으로 교과서만 들여다보고 있었다. 머릿속이 충격과 공포로 복잡해졌다.

설마 황 할아버지의 허수아비가 손녀를 괴롭힌 화영이를 그렇게 만들었을까. 말이 되지 않다가도 다음은 자신이 되지 않을까 하는 생각에 몸이 덜덜 떨렸다. 그래, 사과하고 가방을 돌려주자. 자신은 괴롭힌

게 전혀 없으니 황규환의 용서를 받는다면 괜찮을 것이다.

은지는 집에 두고 온 규환의 가방을 떠올렸다. 거기까지 생각이 미치자 한시라도 가만히 있을 수 없었다. 은지는 곧바로 자리로 가서 책가방을 들었다.

"너 어디가?"

"집에."

혜정의 질문에 대충 대꾸하며 은지는 교실을 나섰다. 혜정이 따라 나와 은지를 붙들었다.

"화영이 일로 충격받은 건 아는데 너 성적 관리한다며? 담임한테 말도 안 하고 이렇게 가면……"

은지가 혜정의 손을 뿌리쳤다.

"지금 성적이 중요해?"

날카롭게 소리치는 은지의 모습에 혜정이 당황했다. 충격으로 정신이 나간 것 같았다. 늘 생글생글 웃던 은지가 자신한테 이렇게 짜증 내고 화내는 건 처음이었다.

"너는 몰라. 만약 정말 그것들이 그랬다면, 나도 앞으로 어떻게 될지도 모른단 말이야."

그 말을 한 은지는 뒤도 돌아보지 않고 학교 밖으로 뛰어갔다.

* * *

   종수는 집 앞에 차를 세웠다. 고향 친구의 작은 업체에서 현장 일을 하는 그는 이른 퇴근을 했다. 아침에 아내가 허수아비를 치워버리라고 닦달하여 계속 미룰 수는 없었다. 허수아비가 기분 나쁜 건 종수도 마찬가지였다. 종종 저것들이 마치 살아있는 것이 아닌가 하는 얼토당토않은 생각도 들었다. 애써 무시하며 지금까지 차일피일 미뤄왔지만, '규환이까지 헛것을 보는 것 같다'는 아내의 말에 당장 해치우기로 맘먹었다.

   짐칸에서 삽을 꺼내 들고 종수는 비탈진 밭둑으로 올라갔다. 무더위에 늘어진 풀들 위로 잠자리가 날아올랐다. 이 밭에서 저 밭 끝까지 빽빽하게 세운 허수아비들을 마주하자 종수는 속이 답답해졌다. 족히 오십 개는 넘어 보였다. 그는 셔츠 앞주머니에서 담배를 꺼냈다. 한동안 끊었으나 근래 자신에게 닥친 많은 일에 이거라도 안 피울 수가 없었다. 하얀 연기를 내뿜으며 매미가 울어대는 사위를 둘러봤다.

   아버지가 돌아가시고 바쁘다는 핑계로 돌보지 않은 밭엔 어느 게 채소고 어느 것이 잡초인지 전혀 구분되지 않았다. 간밤에 내린 비로 땅은 적당히 물러

있었다. 허수아비를 뽑아버리고 잡초도 정리해서 가족이 좋아하는 채소를 키워야겠다는 생각이 들었다. 아내와 딸이 호호호 웃으며 좋아할 생각에 두려움은 한풀 꺾였다.

종수는 삽을 들고 가까이에 있는 허수아비부터 뽑기 시작했다. 허수아비의 몸을 고정한 나무 기둥을 두 손으로 잡거나, 두 팔로 휘감아 뽑았다. 몇 개 하지도 않았는데 벌써 허리가 뻐근했다. 휴. 숨을 몰아쉬고 다음 허수아비로 향하는데 문득 이상한 느낌이 들었다. 그제야 종수는 고개를 들어 다시 주위를 봤다.

아까는 그냥 포대 자루를 뒤집어쓴 허수아비, 남자 옷이나 여자 옷을 입은 허수아비, 아이들의 장난감을 매단 허수아비들이 제각각 다른 곳을 보았는데 어느 순간 모두 종수를 바라보고 있었다. 잔바람도 멈춘 후덥지근한 오후의 날씨였다. 종수는 손을 뻗어 가까이에 있는 허수아비를 만졌다. 허수아비들은 기둥에 못으로 고정되어 있었다. 착각이 아니라면 이것들 제 의지로 움직였다. 땀이 주르륵 등 뒤로 흘러내렸다.

허수아비를 뽑는 손길이 바빠졌다. 깊숙이 박혀 잘 빠지지 않으면 삽으로 그 주위를 팠다. 시선은 기둥을 뽑는 데에 있었지만, 온 신경은 자신을 지켜보는 허수아비에게로 향했다. 힐끗힐끗 그것들을 보면 얼굴이 없는데도 표정이 보이는 것 같았다. 자신의 세상을 파괴하는 종수에게 분노하는.

두려움에 헐떡이며 허겁지겁 허수아비를 뽑던 종수는 다른 것과 달리 뒤돌아 있는 허수아비를 발견했다. 이상하다는 생각보다 몸이 먼저 그것을 붙들었다. 어? 종수가 말을 내뱉자 동시에 그것이 뒤를 돌아 그를 덮쳤다.

뒤로 나동그라진 종수는 위로 올라탄 것을 떨구려고 버둥거렸다. 어깨솔기를 잡아당기자 허수아비의 목덜미와 그 너머의 푸른 하늘이 시야에 들어왔다. 그것이 묵직하게 목을 짓눌렀다. 숨이 턱 막혔다. 이대로 더 있다간 죽을 것 같았다. 버르적거리는 종수의 손에 삽자루가 잡혔다. 지체 없이 휘두르자 퍽 하는 소리가 아득하게 들리더니 허수아비가 떨어져 나갔다. 벌떡 일어난 종수는 숨을 몰아쉬며 삽을 양손으로 틀어쥐었다. 다시 공격해오리라는 생각에서였는데 바닥에 엎어진 허수아비는 더는 움직이지 않았다.

종수는 다시 주위를 봤다. 허수아비들은 여전히 자신을 보고 있었다. 그는 방금 일어난 일을 되짚었다. '허수아비가 균형을 잃고 자신에게로 쓰러져 홀로 혼

비백산해서 일어나려고 했지만, 나무막대기로 고정한 한쪽 팔에 본인의 목이, 다른 팔은 돌부리에 걸린 상황'이라는 이성적인 생각을 애써 했다.

하지만 몸 위에서 짓눌렀던 그 무게는 일반 성인보다 더 묵직했다. 손등으로 따끔한 목을 문지르자 피가 묻어났다. 팔다리가 후들거렸다. 그는 불쑥불쑥 치미는 공포에 참지 못하고 삽을 든 채 집으로 향했다.

* * *

은지는 자신의 방으로 뛰어들었다. 학교에서 집까지 오면서 허수아비가 쫓아오지 않을까 두려움에 연신 뒤를 돌아봤다. 바람이 나무 이파리를 스치는 소리에도 소스라쳤다. 집에 오자마자 방문을 잠그고 해가 든 창에 커튼을 쳤다. 책상 옆에 멀찍이 둔 가방을 집던 은지는 갑자기 서러워져 그 자리에 주저앉았다.

너무 무서웠다. 허수아비와 엮이면 죽음이었다. 할머니는 밤마다 허수아비가 찾아온다며 두려워하셨다. 모두 할머니가 치매라고 생각했다. 은지도 직접 보지 않았다면 할머니의 두려움을 무시했을지도 몰랐다. 하지만 논둑에 늘어선 허수아비를 보았을 때. 은지는 그 순간이 떠올라 두 팔로 덜덜 떨리는 몸을 감쌌다.

 몇 년 전에도 그곳에서 아이가 물에 빠져 죽고, 사람이 실종되었다며 한바탕 난리 났었다. 아이들은 어른들처럼 자극적인 소문을 얘기하며 웃었지만, 은지는 허수아비가 그들을 죽였을 거라고 짐작했다.

 이제 그 집 할아버지가 죽어서 끝이라고 생각했는데, 아직도 허수아비가 있었다니. 그렇다면 화영도 분명히 허수아비가 죽였을 터였다. 그리고 이제는 자신의 차례가⋯⋯.

 눈물이 주룩주룩 흘렀다. 은지는 양손에 얼굴을 묻었다. 이 모든 게 지나친 억측일 수도 있다. 평소 얄밉게 굴던 화영과 마지막 통화를 한 게 자신이니 정신이 나갔을 수도. 차라리 창문에서 그걸 보지 않았다면 이 모든 생각과 두려움에서 자유로울 것이다. 친구의 죽음에 오롯이 안타까워 슬퍼하고 추모했을지도 몰랐다.

 "미안해."

 '화영아 너의 죽음에 잔뜩 겁먹어서, 나 또한 그렇게 될지도 모른다는 생각에 지금 나만 살겠다고 해서. 미안해.'

 은지는 눈물을 훔치고 자리에서 일어나 쇼핑백을

집어 들었다. 그리고 방문을 나섰다. 만약 이 모든 게 지나친 억측이거나, 사과로 이 일이 해결된다면 평생을 화영에게 미안한 마음으로 살겠다고 다짐했다.

막 점심시간이 되었을 때 은지는 학교에 도착했다. 급식실로 이동하는 아이들을 거슬러 올라간 은지는 교실에서 나오는 규환을 발견했다. 지나치는 아이들이 은지를 보고 호기심에 돌아봤다.

"규환아."

은지가 애타게 이름을 부르며 규환의 손을 붙잡았다. 놀란 규환이 몸을 움츠렸다. 이목이 쏠리자 은지는 복도 끝으로 규환을 데려갔다. 그리고 작은 목소리로 빠르게 말했다.

"내가, 내가 많이 미안해. 내가 사과하고 싶어서 그래. 용서해줘."

"왜 그러는데?"

갑작스러운 사과에 규환이 당황하며 물었다. 이것도 자신을 괴롭히는 게 아닐까 가늠하면서. 은지는 쇼핑백을 규환에게 건넸다.

"이거. 내가 눈이 돌아서 잠깐 욕심냈어. 미안해. 나 다시는 네 물건에 손도 대지 않을 거고 너 속상하게 절대 안 할게. 내가 이렇게 미안하니까, 제발 용서해줘."

규환은 은지가 왜 이러는지 모르는 눈치였다.

"정말로 잠깐만 쓰고 돌려줄 생각이었어. 나는 정말 너랑 친해지려고……"

황급히 이어 말하는 은지가 울먹거렸다.

"제발 용서해줘."

"너, 왜, 왜 그러는데?"

창백한 낯으로 사과하는 은지의 모습이 심상치 않자 규환이 물었다. 걱정 어린 물음에 은지가 울음을 터트렸다.

"제발 허수아비들한테 전해줘. 날 용서해줄 거라고. 너에게 못되게 군 우리를 용서해줘."

움찔. 맞잡은 규환의 붕대를 감은 손에 힘이 들어갔다. 그걸 알아챈 은지가 눈물이 가득한 눈으로 바라봤다. 고민 어린 얼굴이 마지못해 고개를 끄떡였다.

"알았어."

"응?"

"용서해줄게."

"정말?"

"네가 진심으로 사과하니까, 정말로. 근데…… 내가 허수아비한테 얘기한 건 어떻게 알았어?"

규환이 누가 들을까 봐 속삭여 물었다. 용서의 말에 은지는 진이 빠져 중얼거렸다.
"그야, 허수아비가 화영이를 죽였으니까."
"어?"

은지는 늘어지는 몸을 억지로 추스르며 학교를 나섰다. 규모가 큰 소용돌이에서 간신히 살아난 것 같았다. 온몸이 욱신거리고 머리가 지끈거렸다. 지금은 그저 집에 가고 싶었다.

띠리리 띠리리. 그제야 책가방에서 울리는 휴대폰 벨 소리가 귀에 들어왔다. 잠시 멈춰 휴대폰을 꺼내니 혜정이었다. 아침에 못되게 군 게 떠올랐다. 주저하던 은지는 혜정의 전화를 받았다.

"어, 혜정쓰."
— 너 어디야? 괜찮아?
"어 괜찮아. 아침엔 미안했어. 내가 충격으로 예민했나 봐. 너는 어때?"

사과의 말은 처음에 하기 어려웠지, 계속하고 나니 어디서나 쉽게 나왔다. 교문을 지나 버스정류장까지 가는 길이 멀었다. 은지는 점점 무거워지는 발걸음을 내디뎠다.

― 나도 괜찮아. 지금 슬기 진정시키고 있는 중이야.

"혜정아. 나 지금 규환이한테 사과하고 용서받았어. 어제 우리가 못되게 군 거에 대한. 어젯밤에 내가 허수아비를 봤거든? 그게 화영이도 그렇게 만든 것 같아. 그러니까 너희도 별거 아니라고 생각하지 말고 사과하는 게 좋을 것······."

건널목을 건너던 은지는 중간까지 걸어가다 멈췄다.

― 야, 너 대체 무슨 소릴 하는 거야?

건너편 신호등에 기대어 선 검은 무언가가 은지의 시선을 끌었다. 한여름에 어울리지 않는 검은 점퍼와 야구 모자를 쓴 사람이 이쪽을 돌아봤다. 신호등의 파란불이 깜빡였다. 오른쪽 차선에서 멈춰 있는 차가 짧은 경적을 울렸다. 은지는 두 눈을 깜박였다. 은지를 바라보는 남자의 얼굴이 없었다.

"어? 그럴 리가 없는데? 내가 사과했잖아. 용서했줬잖아아!"

― 은지야, 왜 그래?

신호등이 빨갛게 변했다. 경적이 점점 커졌다. 그것이 움직였다. 허수아비가 은지에게 다가왔다. 진저리치던 은지가 돌아서서 뛰었다. 빠앙. 오른편 차선에서 은지가 건너기를 기다렸지만 건너온 왼편 차선에선 차가 달려왔다. 멈출 새도 없이 은지의 몸이 승용차와 부딪혔다. 어린 몸이 허공에 붕 떴다가 바닥에 굴렀다.
— 은지야!

* * *

해가 저물고 있었다. 낮에 부단히 지저귀며 날아오르던 새들은 산속으로 숨어들고, 밤벌레와 개구리 그리고 간간이 소쩍새가 울었다. 노을이 뒷산으로 숨어들 때 규환이 집으로 돌아왔다.
"어, 규환이 왔어? 버스 타고 온 거야? 아빠가 마중 나갈 걸 그랬나?"
마당의 수돗가에서 세수하던 아빠가 반갑게 맞이했다. 규환은 인상을 찌푸렸다. 낮에 은지가 사과할 때 했던 말이 내내 괴롭게 했다.
"그야, 허수아비가 화영이를 죽였으니까."
그게 무슨 말이냐며 따져 물었어야 했는데 그러질 못했다. 죽어버리라고 소리치던 저주의 말이, 고스란히 매를 맞던 허수아비가 끝까지 자신을 보던 그 시선이, 설마 하고 떠올랐던 것이었다. 그동안 무시했지만, 종종 허수아비가 마치 살아있는 것처럼 느껴졌다. 그

래서 매번 두려움이 들고 기분이 나빴다. 새벽에 보았던 할아버지는 또 어떠했던가. 허수아비의 주인은 이제 규환의 것이라고 하지 않았나. 그래서 은지가 사과한 것이었다. 허수아비를 멈출 수 있는 게 규환이었으니까.

은지는 허수아비를 어떻게 알았지? 정말 허수아비가 화영을 죽였을까? 자신이 죽어버리라고 해서? 만약 그게 정말이라면 어떡하지? 화가 나서 한 말에 정말 사람이 죽었다면?

'나 때문에 화영이가 진짜 죽은 거라면? 내가 사람을 죽였어?'

아득해지는 정신에 눈을 질끈 감았다. '그렇지 않아!'

"규환아?"

아무 말도 없는 딸이 걱정됐는지 아빠가 다가왔다. 규환은 눈을 치떴다.

'이게 다 허수아비 때문이야. 이게 다 여기로 오게 만든 아빠 때문이야. 평범하게 잘살고 있었는데 왜? 대체 왜 이런 일을 내가 겪어야 해?'

"저 허수아비는 언제까지 저렇게 둘 거야? 기분 나쁘다고! 가뜩이나 학교에서 힘들어 죽겠는데 저것들까지…… 꼴도 보기 싫다고!"

규환이 소리를 질렀다. 딸의 낯선 모습에 놀란 아빠가 할 말을 잃었다가 곧 규환의 어깨를 다독였다.
"알았어. 아빠가 그동안 바빠서 그랬어."
"맨날 같은 말! 저번에도 그랬잖아. 계속 바쁘다고."
씨근덕거리던 규환이 방으로 들어갔다. 신경질적으로 가방을 내팽개쳤다. 그리고 불도 켜지 않고 침대에 엎드렸다. 문 너머에서 당황한 아빠의 기척이 났다. 문을 열지도 못하고 주저하는 움직임에 스치는 옷자락 소리가 창호지 문에 고스란히 들렸다. 방음이 하나도 되지 않는 망할 문짝!
"미안해 규환아. 아빠가 우리 딸 힘든 것도 모르고. 빨리 치워버릴 테니까 너무 화내지 마."
아빠의 사과에 애타게 미안하다고 하던 은지의 얼굴이 떠올랐다. 공포에 질린 얼굴이. 예쁜 그 얼굴이 자신 때문에 일그러졌다니 덩달아 자책감이 들었다. 규환은 베개로 귀를 틀어막았다.

다음 날 아침. 아빠는 굳이 규환을 학교까지 데려다주겠다고 했다. 전혀 기분이 나아지지 않은 딸의 모습에 아빠는 잔뜩 긴장했다. 학교에서 힘든 일이 있었다는 말에 엄마가 따라나서려고 했다가 규환이 다시 짜증을 내자 참았다.

트럭이 덜컹덜컹 농로를 달리기 시작했다. 규환은 차창에 고개를 기대어 밖을 봤다. 그런 규환을 달래려는 아빠의 시선이나 다정한 말 등 그 어떤 노력도 귀찮았다. 마음 한편에는 아빠한테 괜한 화풀이를 한 게 미안하기도 했다. 하지만 학교에서의 일이 커서 그 마음을 표현하기 힘들었다. 오늘 가서 은지에게 오해라고 말해야 하는데 용기가 나지 않았다.

창밖만 쳐다보는데 허수아비가 늘어선 밭 너머 언덕 위에 서 있는 사람을 발견했다. 눈살을 살짝 찌푸려 자세히 보니 남자의 반소매에 설핏 거뭇거뭇한 문신이 보였다. 지난번에 본 남자였다. 그는 작은 캠코더로 허수아비를 찍고 있었다.

'대체 뭘 하는 거지?'

남자의 모습이 점점 멀어졌다. 지나가다가 신기해서 찍을 수는 있었지만, 사진이 아닌 캠코더라는 게 찝찝했다. 보이지 않을 때까지 쳐다보다가 규환은 고개를 돌려버렸다.

규환은 학교에 도착해서도 아빠에게 잘 가라는 인

사도 하지 않았다. 아빠가 안타까워하는 표정을 짓자 잠시 마음이 쓰였지만 모르는 척 교문으로 들어갔다. 학교 건물을 보니 이제 은지한테 뭐라고 해야 하나 걱정이 들었다. 이렇다 할 말이 생각나지 않았다. 용기 또한 없었고. 변명해야 하는 게 조금 유치하긴 했으나 더 이상 학교에서 왕따가 되기 싫었다. 잘 해결된다면 오해를 푼 은지하고 좋은 친구가 될 수도 있었다.

그렇게 마음을 다잡는데 지나치는 학생들이 규환을 힐끗거리며 저들끼리 숙덕였다. 마치 학교에 처음 왔을 때 엄마가 교문에서 규환을 붙잡고 운 날처럼 학생들의 관심을 받고 있었다. 영문을 몰라 눈치만 살폈다.

규환이 교실로 들어가자 수선스럽던 소음이 뚝 하고 멈췄다. 눈알을 굴려 반 아이들의 면면을 살폈다. 시선을 피하거나 호기심에 마주 보거나. 심지어 반장과 몇 명은 울고 있기까지 했다.

"야!"

흠칫! 제일 뒤에 앉아 있던 혜정이 일어나 분노에 찬 얼굴로 다가왔다. 규환은 쭈뼛거리며 뒷걸음질 쳤다. 금세 따라잡은 혜정이 멱살을 움켜쥐었다. 순식간에 목이 졸렸다. 혜정이 소리쳤다.

"너 어제 은지한테 뭐라고 했어?"

눈을 질끈 감았던 규환이 눈을 떴다. 눈이 휙휙 돌았다. 대체 이게 무슨 말인지 몰라 입술이 달싹였다.

"어제 은지가 너한테 뭐랬냐고! 은지가 너한테 왜 사과한 건데? 너 알고 있었어? 네가 죽였어?"

"그게 무슨 말이야? 은지가 죽어?"

순간 몸이 덜덜 떨렸다. '그게 무슨 말이야'란 말만 나왔다. 슬기가 달려와 혜정을 말렸다.

"혜, 혜정아. 그러지 마. 정말 그 말이 사실이라면…… 얘가 허수아비를 부리는 게 사실이면……."

겁에 잔뜩 질린 슬기가 말을 더듬으며 혜정을 뜯어말렸다. 혜정이 멱살을 놓았음에도 규환은 목이 졸린 것 같았다. 아이들이 허수아비의 존재를 안다. 그게 사람을, 은지를 죽였다고도.

"그게, 그게 무슨 말도 안, 안 되는 소리야? 허수아비가 사람을 죽여? ……너희 그런 걸 믿어?"

밤새 생각했던 은지에게 할 변명이 졸린 목구멍으로 흘러나왔다. 눈물이 뚝 하고 떨어졌다.

"너 정말 그 미친 할아버지 손녀 맞아? 허수아비 잔뜩 만들고 자기 마을이라고 했다며."

반장 옆에서 달래던 한 친구가 물었다.

"할아버지는 미치지 않았……"

"그럼 그게 제정신으로 만든 거라고?"

"그건, 그냥……"

"내가 들었어. 은지가 화영이는 허수아비가 죽인 거라고. 그래서 너한테 사과한 거잖아. 은지가 허수아비한테 말 좀 잘해달라고 했을 때, 네가 어떻게 알았냐고 했잖아!"

다른 아이의 말에 모두가 숨을 집어삼켰다.

"기분 나빠."

누군가가 툭 내뱉은 말에 규환의 어깨가 움찔거렸다.

"야 그러지 마. 허수아비한테 또 고자질하면 어떡해?"

더는 참지 못하고 규환은 교실을 뛰쳐나왔다. 심장이 세차게 쿵쾅대는 소리와 헐떡이는 소리 사이로 '살인자다!'라는 외침이 들렸다.

'아니야! 그렇지 않아!'

규환은 귀를 막았다. *촤라락촤라락 덜컹덜컹.* 리어카 바퀴를 돌리며 히히히 웃는 할아버지의 모습이 떠올랐다. 할아버지가 만든 허수아비가 화영과 은지를 죽였다.

'할아버지. 그게 진짜예요? 반 아이들이 하는 말들

이 전부 맞아요? 그렇다면 이제 또 누굴 죽일 거예요?'

"……제발 이제, 그만 하세요."

은지의 얼굴이 다시 생각났다. 규환은 눈물을 훔치고 집을 향해 뛰었다. 아직도 학교에 저주했던 아이들이 있었다.

6.

태식은 한참 언덕 위에서 카메라를 만지작거렸다. 며칠 시내에서 전단지만 붙이고 배회하다가 결국 참지 못하고 이곳에 왔다. 황 영감의 죽음으로 이제는 갈 일이 없겠다고 윤 사장이 말했으나 이곳엔 여전히 그날의 기억과 허수아비들이 있었다.

태식은 담배를 한 개비 꺼내 불을 붙여 바로 옆 바위 위에 올려놨다. 연기 꼬리가 허공에 피어올랐다. 태식도 한 개비 물고 불을 붙였다. 그리고 저 밑에 유유히 흐르는 영탄강을 내려다봤다. 삼 년 전 이곳에서 김 피디와 저 밑에서 쓰레기를 낚는 황 영감을 보았다. 무슨 생각을 하는지 알 수 없는 김 피디 앞에서 허리에 줄 하나 묶은 채 강으로 들어가는 황 영감의 기행을 취재하자고 부추긴 건 다름 아닌 자신이었다.

하얀 담배 연기를 내뱉자 강 속에서 긴 장대를 휘적여 대는 노인의 모습이 나타났다가 바람결에 사라졌다. 이제는 오지 말아야 하는데. 이곳에 매년 올 때마다 다짐해도 그렇게 되지 않았다.

"사람이 죽으면 제사라는 걸 지내잖아요. 그냥 그거라 생각하세요."

그러다가 어깨를 으쓱였다.

"그렇다고 피디 님이 죽었다는 건 아니고요."

앞뒤가 다른 말에 머리를 긁적이던 태식은 담배를 한 번 빨고는 바닥에 버려 운동화로 비벼 껐다. 바위 위에 있던 담배도 다 타서 같이 끄고는 그 위에 담뱃갑과 라이터를 올려놨다.

"다음에 또 올 거 같으니까, 그때 다시 봐요."

그렇게 돌아서는 태식은 누군가를 부르는 여자의 목소리를 들었다. 반대편으로 가자 황 노인의 밭에서 교복을 입은 여학생이 허수아비에게 달려가고 있었다. 산과 가까이에 있던 검은 잠바를 걸친 허수아비 앞에서 멈춘 아이는 뭐라고 말하더니 그 옷을 붙들었다.

태식은 그곳으로 달려갔다. 기분 탓일지도 몰랐으나 허수아비들 속에 있는 아이가 위험해 보였다.

* * *

규환은 집으로 돌아왔다. 엄마도 일하러 나가 텅 빈 집 안은 고요했다.

"할아버지, 계세요? 저 규환이에요!"

부엌과 뒤란 그리고 창고를 둘러보며 규환은 어딘가에 있을 할아버지를 불렀다. 신발을 벗고 안방으로 가 문을 열었다. 해가 드는 방엔 아무도 없었다. 이리저리 향하던 시선이 다락으로 가는 문에 멈췄다. 다가가 손잡이를 잡아당기자 덜컹거리며 문이 열렸다. 나무 계단이 드러나고 그 끝에 어두운 공간이 보였다. 규환이 입술을 달싹였다.

"할아버지? 여기 계세요?"

겁이 나 선뜻 올라가지 못하고 어두운 내부만 응시했다. 그러다 옆에 스위치를 발견했다. 스위치를 누르자 백열등이 켜졌다. 주황빛으로 퍼지는 빛에 어둠이 구석으로 숨어들었다.

"허수아비들이 제 친구를 죽인대요. 그게 말이 안 되는데, 진짜라면 멈추게 해주세요. 제발요. 그 애들이 밉긴 했지만, 물론 제가 죽어버리라고 했지만, 진심이 아니었어요. 제발요."

읊조리던 규환은 천천히 계단 위로 올라갔다. 점점 다락방의 내부가 보였다. 짐이 있는 상자가 켜켜이 쌓인. 창조차 없는 다락은 먼지로 가득했다. 기침이 터졌다. 다 올라가지 못하고 콜록거릴 때 상자 사이로 검은 것이 튀어나왔다. 놀란 규환이 바닥으로 떨어졌다.

히히히.

마룻바닥 위로 달리는 축축한 발소리가 멀어졌다. 규환은 다급하게 일어나 절뚝이며 그 뒤를 따라갔다. 신발을 신고 대문을 나섰다. 할아버지의 모습은 보이지 않았다. 대신 바람결에 비웃는 웃음소리가 밭둑으로 향했다.

"할아버지! 제발요! 제발, 멈춰주세요. 제가 대체 어떻게 해야 해요?"

규환은 그 소리를 따라 밭으로 들어섰다. 구름이 해를 가려 사위가 살짝 어두워졌다. 높게 자란 풀이 종아리를 할퀴어댔다. 나란히 서서 자신을 힐끗거리는 허수아비들이 할아버지의 웃음에 따라 웃어댔다. 숨이 턱 끝까지 차올랐다. 휘청이는 시선에 낯이 익은 허수아비들이 보였다. 이틀 전, 규환의 화를 받아냈던 허수아비들이었다.

검은 잠바를 걸친 허수아비 얼굴 한쪽에 피가 묻

어 있었다. 그걸 보자 오른 손바닥의 채 아물지 않은 상처가 욱신거렸다. 그 옆 허수아비는 옷가지가 찢어지고 지푸라기가 튀어나와 있었다. 다른 허수아비는 이틀 전에는 없었던 밧줄이 목에 걸렸다. 그 모습이 나타내는 뜻이 무엇인지 몰랐지만, 소름 끼쳤다.

"그, 그만해!"

규환은 허수아비가 걸친 검은 잠바를 붙들었다. 조금만 더 힘을 줘도 허수아비는 쓰러질 것처럼 휘청거렸다.

"내가 시킨 거라면, 그래서 그 애들을 죽인 거라면, 이제 그만해. 할아버지가 너희의 왕이라며. 이제 내가 그러니까, 그만해!"

규환이 옷을 붙드는 통에 이리저리 움직이던 허수아비가 몸이 앞으로 쏠렸다. 자신에게 검은 그림자가 기운 걸 느껴 고개를 든 규환이 입을 다물었다. 이목구비도 없는 그것이 자신을 노려보는 걸, 말 따위는 절대 듣지 않을 거란 걸, 규환은 알아챘다. 어쩌면 자신도 무사하지 못할 것 같다는 생각이 미쳤을 때 강렬한 힘에 뒤로 떠밀렸다. 그때 뒤로 넘어지는 규환을 누군가가 붙들었다.

쏴아아. 산에서 바람이 불어왔다. 허수아비들의 옷

자락이 펄럭였다. 어둑했던 사위가 천천히 밝아졌다. 규환은 뒤를 돌아 자신을 부축하는 사람을 봤다. 아침에 봤던 그 남자였다.

"이건 넘어질 뻔한 거 잡아준 거다."

"여기서 뭐 하세요? 아침에도 여기에 있었죠?"

규환은 눈살을 찌푸렸다. 의심의 눈빛으로 그를 보자 남자는 어깨에서 손을 치우고 주머니를 뒤적거렸다. 남자가 집 쪽으로 고갯짓했다.

"네가 혹시 황 영감님 손녀? 옛날에 할아버지께 신세 졌었어. 매년 인사드리러 왔지. 이상한 사람은 아니고, 여기 내 명함. 영상 쪽 일하거든. 가진 게 이것뿐이라 좀 그렇지만. 다친 데는 없어?"

남자가 건넨 명함은 귀퉁이가 닳고 구겨져 있었지만, T 방송사 로고와 이름 최태식, 그리고 휴대폰 번호가 적혀 있었다.

"없어요."

퉁명스럽게 말한 규환은 허수아비를 노려봤다. 그리고 앞장섰다.

"할아버지는 돌아가셨어요."

"그렇다고 하더라."

규환의 뒤를 따라가며 태식이 선선히 대꾸했다. 집

으로 가려던 규환은 태식이 집까지 따라 들어올 것 같아 방향을 바꿔 가까이에 있는 계곡으로 향했다. 폭이 넓은 계곡으로 내려가 여름의 열기가 녹아든 물에 손을 담갔다. 언제 쓸렸는지 손바닥에 잔상처가 생겨 따끔거렸다. 멀찍이 선 태식이 규환을 멀뚱히 지켜보았다.

"알면서 여기에 왜 왔어요?"

"그냥. 옛날 생각도 나고 해서. 할아버지도 안 계시는데 부모님이 허수아비는 계속 두겠대?"

그 말에 규환은 태식을 봤다.

"허수아비에 대해 뭐 알고 계시는 게 있어요? 할아버지가 뭐 알려준 게 있……."

그렇게 묻던 규환은 과연 이 사람에게 허수아비가 사람을 죽인다는 걸 얘기해도 될지 의심스러웠다. 방송국 사람이면 허수아비를 취재해 악의적으로 편집해서 방송에 낼지도 몰랐다. 사람까지 죽었으니 자극적인 방송이 될 것이었다.

"아까 여기서 뭘 찍었어요?"

경계 어린 눈빛으로 보자 태식이 계곡의 바위에 걸터앉았다. 그리고 가방에서 종이 한 장을 꺼냈다. 규환은 그 종이를 받아들었다. 실종자 전단지였다. 한 남자의 사진이 있는.

"혹시 이 근처에서 이 사람 본 적 있어?"

규환은 고개를 흔들었다.

"3년 전에 차 사고로 너희 할아버지 댁에서 신세를 졌었어. 이맘때였는데 우린 너희 할아버지와 이 허수아비들을 취재하기로 했지. 근데 그다음 날 이 사람 실종되었어."

"……허수아비가 그랬다는 거예요?"

목소리가 잘 나오지 않았다. 너무도 그럴듯해서. 예전부터 허수아비가 사람을 해쳤다는 사실이 무서웠다. 앞으로도 그럴 테니까. 자신에겐 허수아비를 막을 방법이 없었다. 거의 통제 불능 상태였다.

"……지금 허수아비가 친구들을 죽이고 있어요."

규환은 밭은 숨을 내쉬었다. 많은 아이가 믿고는 있지만, 어른은 믿지 않을 얘기였다. 저 사람이 믿든 안 믿든 상관없었다. 더 이상 버티기 힘들었다. 규환은 이곳에 왔을 때부터 겪었던 모든 일을 태식에게 말하기 시작했다.

* * *

혜정은 '자율학습'이라고 적혀 있는 칠판을 노려보았다. 자꾸 지난날을 곱씹으며 후회했다. 자신이 조금만 더 신경 썼다면 화영이 자살하려는 낌새를 느꼈을 테고, 겁에 질린 은지를 붙들어 다독였으면 교통사고는 없었을지도 몰랐다. 친한 친구니까 당연히 그랬어야 했다.

어쩌다 이런 일이 생긴 걸까? 아이들의 말처럼 친구들은 허수아비가 죽인 걸까? 허수아비가 어떻게 사람을 죽여? 그리고 그 아이들이 뭘 잘못했기에?

'그냥 짜증 나서.'

전학생을 두고 화영에게 내뱉은 말이 떠올랐다. 혜정은 한숨과 함께 그 말을 한 자신에게 욕했다. 그 말 하나에 아이들은 규환을 따돌리거나 겁을 줬다. 정말 그 때문이라면, 고작 그 때문이라면, 소중한 두 생명을 앗아가는 건 너무 심했다.

"혜정아, 그 허수아비가 나도 그러면 어떡해?"

옆에서 훌쩍이는 슬기가 물었다. 겁에 질려 오들오들 떠는 슬기의 모습에 전학생 황규환에 대한 화가 다시금 치밀었다. 망할 허수아비! 혜정은 더는 참을 수가 없어 자리에서 일어났다.

가방을 챙겨 든 혜정을 슬기가 불안한 시선으로 바라봤다. 그리고 자신도 얼른 가방을 들고 교실 밖으로 나갔다. 어디 가는지 묻지 않았다. 그냥 혼자 있고 싶지 않았다. 세상에 단둘만이 남은 것처럼, 슬기는 혜정의 옆이 가장 안전한 곳 같았다.

그렇게 둘은 아무 말 없이 버스 정류장에 갔다. 때마침 오는 버스에 혜정이 올라타자 머뭇거리던 슬기가 그 뒤를 따랐다. 승객이 몇 명뿐인 버스에서 혜정과 슬기는 나란히 앉았다. 에어컨을 켜지 않아 활짝 열린 차창으로 습한 바람이 휘몰아쳤다. 덜컹거리는 버스가 산속에 들어서서 얼마 정도 달렸을까. 혜정이 손을 뻗어 벨을 눌렀다. 버스가 다음 정류장에서 멈췄다. 그곳에 내린 아이들은 잠시 그 자리에 서 있었다. 혜정은 나무 그늘에 가려진 사방을 둘러봤다. 은지가 반장에게 규화의 집을 물었던 것처럼 혜정도 반장에게서 전학생 집을 알아냈다. 반장이 두려움에 떨면서 하던 말을 곱씹으며 혜정은 오솔길에 발을 들였다.

매미가 울기 시작했다. 다리를 스치는 수풀과 귓가를 맴도는 날벌레의 소리가 신경 쓰였다. 앞서는 혜정의 손을 슬기가 잡았다. 땀에 젖은 손길에 혜정은 힐끗 고개를 돌렸다.

"걱정하지 마. 내가 그애 쥐어패서라도 확실하게 물어볼 테니까."

"하지만 걔한텐 허수아비가 있잖아. 혜정아. 차라리 은지 말대로 우리도 규환이한테 사과하는 게 낫지 않을까?"

"무슨 사과? 그래서 은지가 지금 어떻게 되었어? 화영이는? 허수아비가 그랬든 안 그랬든, 내가 싹 다 부숴버릴 거야."

혜정은 말을 짓씹듯 뱉으며 걸음을 옮겼다. 죄책감과 후회 그리고 슬픔이 모두 분노가 된 듯했다. 전학생이 오기 전까지 모두 괜찮았다. 조금은 불만스럽고 지루했을지언정 이렇게 끔찍하지는 않았다. 그러니 이 모든 건 황규환 그 계집애 때문이다.

서늘한 바람이 그들을 스쳐 지나갔다. 흔들리는 수풀과 몸을 떨어대는 나뭇잎 사이사이로 햇빛이 드나들었다. 빛과 그림자가 서로 자리를 바꿨다.

"올라온다. 올라온다."

온갖 소음 속에 웬 사람의 목소리가 들리는 듯했다. 귀를 기울이자 갑자기 새가 울부짖었다. 깜짝 놀란 슬기가 혜정을 붙잡아 멈춰 세웠다.

"왜?"

"혜정아…… 저기, 뒤에 뭐가 있어."

파르르 떨리는 손길을 따라 혜정은 뒤를 봤다. 나무 뒤쪽에 딱 붙어 숨어있는 누군가의 어깨가 보였다. 마치 그들을 따라온 것 같은. 머리카락이 쭈뼛 섰다.

둘은 서로를 꼭 붙들고 천천히 뒷걸음질 쳤다. 거뭇한 손이 천천히 올라와 나무를 붙들었다. 슬쩍슬쩍 몸통이 움직였다. 처음엔 누군가의 장난인 줄 알았다. 자신들을 따라온 어떤 사람이, 변태나 그냥 지나치는 누군가라도 그냥 깜짝 놀라게 할 생각으로. 혜정은 바닥을 훑다가 주먹만 한 돌멩이를 주워 들었다. 튀어나오면 던질 생각이었다.

몰래 엿보듯 머리통이 조금씩 드러났다가 숨길 몇 번, 그러다 확 하고 튀어나온 얼굴에 슬기가 비명을 질렀다. 돌멩이를 던지지도 못하고 혜정은 멍하니 이쪽을 보는 얼굴을 마주 봤다. 눈코입이 없었음에도 자신을 보는 것 같았다. 입이 없었음에도 히죽 웃었다. 말도 되지 않는다는 생각이 들었다. 정말로, 허수아비가?

"아아악!"

슬기가 내지르는 비명이 아득하게 멀리서 들리는 듯했다. 축축한 슬기의 손이 혜정의 손을 붙잡아 당겼다. 슬기의 뒤를 따라 달렸다. 혜정이 다시 뒤를 보자 지나치는 나무마다 이목구비가 없는 얼굴이 불쑥불쑥 튀어나왔다. 스슥스슥. 수풀을 스치는 소리가 너무도 크게 들렸다. 재빨리 내딛는 발에 짓밟혀서인지, 바람이 내지르는 소리인지, 아니면.

* * *

"꿈에서 할아버지가 이제는 허수아비가 내 것인 것처럼 얘기해서 가서 말해봤어요. 제발 그만하라고. 하지만 멈추지 않을 것 같아요. 이제 어떡해요?"

바위 위, 태식 옆에 앉은 규환은 무릎에 얼굴을 묻었다. 계곡을 휘도는 물소리만이 시끄럽게 들렸다. 태식은 이 모든 게 더는 가정이 아닌 진짜라는 사실에 혼란스러움을 느꼈다. 물론 그 자신은 누구보다도 더 허수아비를 의심했다. 자신이 미친 게 아닌가 싶기까지 했다. 그런데 정작 그 말이 사실이라고 들으니 태식은 그만 난감해졌다.

그렇다 해도 이 일은 더는 이 아이 혼자 감당할 일이 아니라는 생각이 들었다. 그랬기에 어른인 자신에게 도움을 요청하는 것일 테고. 태식은 고개를 돌려 허수아비들을 봤다. 그러다 문득 아까부터 신경 쓰이던 게 떠올랐다. 자리에서 일어나 밭둑으로 올라갔다.

주위를 몇 번이고 훑어보던 태식이 돌아와 가방에서 카메라를 꺼냈다. 분명 아침에 이곳에서 허수아비를 찍었을 때만 해도 바닥에 뽑힌 허수아비가 여럿이었다. 영상을 돌려 그 장면을 찾았다. 태식이 다시 밭으로 가 영상과 대조했다.

"왜 그러세요?"

"없어."

눈물을 훔치며 규환은 태식의 옆으로 갔다. 뭉게구름이 해를 가려 사위가 어둑해졌다. 덕분에 카메라 화면으로 뽑힌 채 바닥에 놓인 허수아비들이 선명하게 보였다. 화면 너머를 보자 팔뚝에 소름이 돋았다. 태식의 말이 단번에 이해가 됐다. 그 허수아비들이 어디에도 없었다. 아침에 출발하던 아빠의 트럭엔 허수아비들이 없었다. 족히 열 개가 넘는 허수아비를 엄마가 치웠을 리도 없었다.

그때 어디선가 비명이 들렸다. 규환은 화들짝 놀라 어깨를 움츠렸다. 눈동자만 굴려 어떤 상황인지를 가늠하는데 옆에 서 있던 태식이 욕을 내뱉더니 소리가 난 쪽으로 뛰기 시작했다. 얼결에 규환도 그 뒤를 쫓았다. 흔들리는 태식의 어깨 너머로 산에서 뛰어나오는 혜정과 슬기를 보았다. 규환은 그 자리에서 멈춰 섰다. 그들이 왜 여기에 있는 건지 알 수는 없지만, 좋은 목적으로 온 건 아닐 것이다.

'친구들의 죽음을 탓하러 왔을 거야.'

끼익, 끼익. 바람이 불어서인지 근처에 선 허수아비가 흔들렸다. 규환의 시선이 그것에게 옮겨갔다. 어디선가 수군거리는 소리가 들렸다.

"*그게 어떻게 네 탓이야? 잘 생각해봐. 시작은 재들이 먼저였어. 넌 가만히 있다가 당했다니까. 그리고 저들끼리 너를 이겨 먹었다고 키득거렸지. 어떻게 가만히 있을 수 있겠어? 나라도 열 받지. 죽이고 싶지. 그래서 해준 거야.*"

키득거리는 목소리에 규환은 고개를 저었다. 허수아비가 소리를 내는 것이라고 믿을 수가 없었다. 그렇다면 자신의 내면에서 떠오르는 말들일까.

"*나는 그런 애가 아닌데, 고결하고 착한, 순해 빠진 아이인데. 엉엉엉.*"

누군가의 비아냥에 왁자한 비웃음이 퍼졌다. 규환은 두려운 눈길로 허수아비들을 쳐다봤다.

"*너는 그래서 안 돼. 뭐 하나 마음에 들지 않거든.*"

하하하하하하.

혜정과 슬기를 데려온 태식이 귀를 틀어막고 있던 규환을 살폈다. 괜찮냐는 질문에도 규환은 눈을 질끈 감았다. 주위를 보던 태식이 아이들을 이끌고 집으로 갔다.

대문을 잠근 태식은 담 너머를 살펴보곤, 갑자기 나타난 두 아이를 돌아보았다. 이들은 허수아비에게 쫓기고 있다고 말했다. 뽑혀 사라진 허수아비가 이들을 쫓고 있더란 말인가? 일단 이곳에서 상황을 보다가 아이들을 시내로 데리고 나가야…….

짝.

혜정이 다짜고짜 규환의 뺨을 때렸다.

"야 정말 니가 그것들한테 우리 죽이라고 시킨 거냐? 미쳤어?"

아픈 뺨을 잡으며 규환은 웅얼거렸다.

"아니야, 난 정말 아무것도 몰라."

"몰랐다는 게 말이 돼? 너 그 미친 할아버지 손녀잖아! 어떻게 그걸로 아이들을 죽여? 고작 겁 좀 준 거 가지고, 너무 심하잖아. 네가 그러고도 사람이야?"

혜정은 긴가민가했던 허수아비의 존재를 두 눈으로 목격하자 감정이 격해져 소리를 질렀다. 짝. 이번엔 규환이 혜정의 뺨을 때렸다. 혜정의 말에 화가 치밀었다.

"고작 겁 좀 준 거라고? 너희는 그게 고작이겠지만, 나한테는 엄청난 모욕이었어. 단순히 고작이라고 하기엔 당하는 사람은 하나도 재미도 없어. 너희들 아니어도 가뜩이나 힘든데, 왜? 왜 난데? 너희 멋대로 겁을 주겠다 말겠다야? 그래. 나도 그래서 고작 죽이고 싶다고 허수아비한테 화풀이했다!"

"이게 진짜."

혜정이 규환에게 달려들자 태식이 재빨리 그사이를 가로막았다.

"이봐 학생. 그만하지? 지금 이 상황이 평범하지도 않고 이해할 수도 없는 위험천만 기괴한 상황이지만, 그럼에도 너희들 친구…… 아, 암튼 학연으로 엮였으니 화부터 낼 게 아니라 함께 이 상황에서 벗어나야……"

"아, 아저씨 대체 누군데 이래라저래라 참견이에요?"

"……된다는. 나 몰라? 슈퍼 앞에서 우리 봤는데."

태식의 말에 혜정은 불퉁한 표정을 지었다. 대답은 하지 않았으나 이미 알고 있던 눈치다.

"쟤 말 한마디면 모든 게 끝나잖아요. 야, 너 저것

들한테 그만두라고 말해. 너 이거 범죄야! 알아?"

"그럼 경찰에 신고하든지!"

"어허 애들이. 자꾸 이럴 거야? 지금 싸울 게 아니라니까."

태식이 중간에서 그들을 말리는 와중 슬기는 불안한 시선으로 주위를 훑었다. 이 집에 이대로 있는 게 좋은 생각 같지는 않았다. 애들이 싸우든 말든 어서 빨리 이곳을 벗어나고 싶었다. 슬기는 천천히 담 쪽으로 다가갔다. 점점 흐려지는 하늘과 눅진한 바람에 금방이라도 비가 쏟아질 것 같았다. 까치발을 들자 밭둑에 선 허수아비들이 바로 보였다. 수를 헤아려 봤다. 산속에서 혜정과 자신을 쫓던 허수아비들은 보이지 않았다. 그들은 어디로 갔을까. 어디에 있든, 다시 보고 싶지는 않았다. 어서 빨리 이곳에서 벗어나고 싶…….

슬기의 시선에 올가미가 보이더니 순식간에 머리를 통과해 목을 옥죄었다. '억' 하는 소리와 함께 몸이 담벼락에 붙었다. 숨통이 틀어막혀 소리가 나오지 않았다. 뒤에서 아이들의 실랑이가 여전한 것으로 보아 슬기의 상태를 눈치채지 못한 듯했다. 슬기의 눈에 담을 가로지른 밧줄이 팽팽하게 당겨지는 게 보였다. 목이 더욱 졸리며 몸이 위로 딸려갔다. 고개가 담 위로 올라갔을 때 반대편에서 밧줄을 쥔 허수아비를 발견했다.

"흐어어억!"

너무 겁이 나 발버둥을 쳤다.

"슬기야!"

그제야 슬기의 모습을 본 혜정이 놀라 비명을 질렀다. 슬기의 상체가 담 위로 올라가기 전에 규환이 먼저 달려가 허리를 붙들었다. 혜정도 달려와 잡으려고 하자 규환이 소리쳤다.

"밧줄을 잡아당겨!"

그 말에 혜정은 허둥지둥 밧줄을 붙잡았다. 그리고 발을 담에 디딘 채로 힘껏 당겼다. 상황을 인지한 태식이 창고에서 손도끼를 찾아와 단번에 그 줄을 끊었다. 아이들이 마당에 나동그라졌다. 혜정이 기어가 기침을 해대는 슬기의 목에서 밧줄을 벗겨냈다. 엉엉 울어대는 슬기를 안았다.

태식은 밖을 봤다. 보이지 않던 허수아비가 언제 왔는지 집 주변 곳곳에 세워져 있었다. 그는 다시 창고로 갔다. 급하게 연장을 찾았을 때 구석에 있던 휘발유가 든 통을 봤었다. 기름통을 챙겨 들고 주머니를 뒤적거리다가 뒤늦게 라이터를 언덕 위에 두고 온 게 생각났다.

"집에 라이터 없니?"

"부엌에 있을 거예요."

지금 시대가 어떤 시댄데 아궁이로 아직 밥을 해 먹냐고 투덜대며 라이터를 켜는 엄마의 모습을 떠올린 규환이 부엌 선반에서 일회용 라이터를 가지고 왔다. 한 손엔 기름통과 한 손엔 손도끼를 든 태식이 규환에게 말했다.

"일단 경찰에 신고하고 애들 데리고 집 안에 있어."

"뭐라고 신고해요? 허수아비가 사람 죽인다고요?"

"못 믿더라도 누구든 혼내주러 오겠지? 너희들은 문 꼭 잠그고 있어. 내가 늦으면 경찰 아저씨들한테 다시 연락하고."

태식이 대문을 나서자 규환이 재빨리 문을 잠갔다. 허수아비가 달려들면 손도끼로 난도질할 기세로 태식은 주위를 살폈다. 집 주위에 늘어선 허수아비들은 움직임이 없었다. 가만히 그를 주시하는 느낌이었다.

태식은 신중하게 밭으로 향했다. 그리고 재빨리 기름을 둑에 선 허수아비들에게 뿌렸다. 휘이 바람을 타고 기름 냄새가 퍼졌다. 비가 내리기 전에 몇 개라도 태워야 했다. 긴장했는지 바지 주머니에 넣어둔 일회용 라이터가 제대로 잡히지 않았다.

뒤를 돌아보자 집 주위에 있던 허수아비들이 어느새 가까워져 있었다. 움직이지 않던 것들이, 마치 '무궁화꽃이 피었습니다' 놀이처럼, 시선만 떼면 움직이고 다시 보면 움직임을 멈췄다. 라이터 부싯돌이 몇 번 헛돌다가 불이 붙었다. 맞은 편으로 가서도 기름을 뿌리고 불을 붙였다. 네 개의 허수아비에 불이 화륵 옮겨 붙었다.

그리고 태식이 몸을 돌렸을 때 바로 앞에 허수아비가 있었다. 너무 놀라 숨도 쉬지 못하고 그걸 빤히 쳐다봤다. 갑자기 뒤에서 밧줄이 목을 감았다. 반사적으로 목을 감은 밧줄을 붙잡다가 라이터를 떨어트렸다. 강한 힘에 넘어진 태식은 주루룩 뒤로 끌려갔다. 버둥거리는 그의 머리에 천이 씌워졌다. 순식간에 빛이 사그라졌다.

* * *

규환은 아이들을 자신의 방으로 데려갔다. 혜정은 충격과 통증에 울먹이는 슬기를 침대에 눕혔다. 규환은 문을 닫고 휴대폰으로 경찰에 전화했다. 몇 번의 신호음 끝에 경찰의 목소리가 들렸다.

"아, 예. 저기 우리 집 허수아비가……"

규환이 말하는데 혜정이 혀를 차더니 휴대폰을 빼앗았다.

"집에 강도가 들었어요. 저희는 숨어있지만, 곧 걸릴 거 같아요. 빨리 와주세요. 주소요? 그 허수아비 많은 덴데, 잠시만요."

뻔뻔하게 거짓말을 하던 혜정이 규환에게 휴대폰을 넘겼다. 어이가 없다는 표정을 지으며 규환은 주소를 말하고 전화를 끊었다.

"뭐? '정말로 허수아비가 사람을 죽이려고 해요'라고 말하려고? 그럼 경찰이 아이고 그러십니까? 얼른 출동하겠습니다. 라고 잘도 하겠다."

"너는 언제나 그래? 어떻게 거짓말을 눈 하나 깜짝하지 않고."

"뭐래? 그럼 니가 우리 살려 줄 거야? 남한테 저주나 한 주제에 지랄이야."

혜정의 말에 규환은 입술을 꾹 다물었다. 그리고 다시 입을 뗐다.

"난 단지 아버지의 사업이 망해서 전학 온 거야."

어쩌다 일이 이렇게 됐는지에 대한 수많은 오해를

풀고 싶었다. 아이들의 시선이 모였다. 아까는 화가 나서 마음에도 없는 말을 늘어놨지만, 규환은 솔직해지기로 했다.

"할머니가 돌아가시고 고등학교에 들어가고 나서 한 번도 할아버지를 뵙지 못했어. 이렇게 허수아비에 집착하신 건 몰랐고. 우리 가족도 나도 허수아비가 이렇게 자아를 가지고 움직일 줄은 몰랐단 말이야. 그냥 우리도 너희처럼 허수아비가 기분 나쁘다 정도였거든. 그날, 너희한테 가방 뺏기고 괴롭힘당했던 그날 너무 억울하고 분해서 허수아비들한테 화풀이했어. 그때 너희들이 죽었으면 한 거야. 하지만 그건 화가 나서 한 말이었지 진심은 아니었어. 정말 너희들이 죽는 건 원치 않아."

처음에 규환의 말이 변명같아 듣고 싶지 않았던 혜정은 눈앞이 까마득해지는 것 같아 두 손에 얼굴을 묻었다. 냉정히 생각해보면 결국 이 일은 자신의 탓이다. 딸을 안쓰러워하는 규환의 엄마를 보고 규환이 한없이 부러웠고 질투가 났다. 감히 그 감정을 느끼게 한 것이 미웠다. 그 때문에 친구들이 죽었다.

"그렇다면 허수아비들한테 멈추라고 해. 내가, 내가 미안하니까. 사과할 테니까."

슬기마저 죽게 둘 순 없었다. 혜정이 소리치듯 말했다.

"했어. 그것들한테 몇 번이고."

'하지만 비웃음만 당했지.' 규환은 자신을 비웃던 허수아비들을 떠올렸다. 어떻게 해도 그것들을 멈출 수 없음에 암담해졌다. 부디 태식이 그것들을 모조리 없애버렸으면 좋겠다. 규환은 다시 휴대폰을 들었다. 위험한 이 상황에서 아빠가 떠올랐다. 언제고 지켜준다고 했던. 일하는지 아빠는 전화를 받지 않았다.

> 아빠? 나 집인데. 허수아비가······

카톡으로 메시지를 남기는데 쿵 하는 소리가 들렸다. 분명 마당에서 들리는 소리였다. 혜정이 창밖을 보더니 흠칫 놀란다.

"허수아비가 담을 넘었나 봐."

황급히 문을 잠그려던 혜정은 문에 잠금쇠가 없다는 걸 이제야 알아챘다.

"무슨 문이 이래?"

혜정은 슬기가 일어날 수 있게 부축했다. 선반을 보던 규환은 묵직한 유리로 만든 상패를 들었다. 전학교에서 받은 글짓기 최우수상이었는데 지금 이 방에서 제일 흉기다웠다.

규환이 천천히 문을 열었다. 담을 넘어 마당에 선 허수아비 너머로 불에 타는 허수아비들이 보였다. 그러나 태식의 모습은 어디에도 보이지 않았다.

"그 아저씨 혼자 도망친 건가?"

혜정이 중얼거렸다.

"그렇지 않아!"

"쉿."

버럭 소리를 치다가 슬기가 규환을 말렸다. 허수아비가 제자리에서 쿵쿵하고 뛰는 소리가 들렸기 때문이다. 규환이 조심스럽게 안방 쪽으로 걸었다. 그 뒤를 혜정과 슬기가 따라갔다. 쿵쿵. 소리가 가까워졌다. 놀란 규환은 뛰어 안방 문을 열었다. 쿵쿵쿵. 빠르게 마루를 두드리는 소리에 아이들도 황급히 방 안으로 뛰어들었다. 규환이 '쾅' 하고 문을 닫았다. 반대편에서 문을 미는지 덜컹거렸다.

안방 문에도 잠금쇠가 없었다. 당장이라도 문이 열릴 것 같아서 혜정도 규환을 도와 문을 잡았다.

"어떻게 해?"

"다락, 다락방이 있어. 입구가 좁아서 저게 들어오

지 못할 거야!"

규환의 말에 슬기가 다락문을 열었다.

"어서 와!"

슬기가 문 안으로 들어가 소리쳤다.

"가."

규환의 말에 혜정이 손을 떼려다가 멈칫했다. 그리고 더욱 힘껏 문을 밀었다.

'일을 벌인 건 나니까.'

"내가 너보다 힘이 세니까 먼저 가!"

"뭐?"

"빨리!"

혜정이 재촉하자 규환은 결심한 듯 입술을 질끈 물고 다락으로 달려갔다. 쿵쾅쿵쾅 계단을 올라가는 소리가 들렸다. 혜정은 격렬해지는 문을 더는 막을 수가 없었다. 빨리 도망치려는데 규환이 들고 왔던 상패를 발견했다. 흡 하고 숨을 들이켜고 혜정은 문에서 손을 떼었다. 그리고 상패를 줍고.

"씨이, 이거 왜 이렇게 무거워?"

다락으로 달렸다. 쾅 하고 문이 열리고 쿵쿵쿵쿵, 놈이 들어왔다. 계단을 황급히 올라간 혜정이 몸을 돌리자 다락 안으로 얼굴을 들이미는 허수아비가 보였다.

"꺼져!"

혜정이 상패를 집어 던졌다. 묵직한 충격음과 함께 허수아비가 뒤로 나자빠졌다. 그 순간을 놓치지 않고 혜정이 다락문을 닫았다. 다행히 다락엔, 왜인지, 쇠빗장이 있어 잠글 수 있었다.

* * *

아득하게 먼 곳에서 웅성거리는 소리가 들렸다. 잠에서 깨어나기 싫어 무시하려고 해도 소리는 점차 커져 뭉그러졌던 말들이 온전한 형태가 되었다.

"그 얘기 들었어? 카메라로 새로 들어온 신입 말이야."

"아, 들었어. 제멋대로 독고다이하는 놈 말이지?"

"상사 말을 아주 개똥으로 들어서 지금 차 부장 빡쳐 있다만. 곧 잘릴 것 같던데."

"그런데 김 피디가 감싸줬다더군. 감이 좋다나 뭐라나. 자기가 데려다 쓰고 싶다고."

"역시 끼리끼린가? 그 친구가 감싸줘도 나 같으면 기분 더러울 텐데."

키득거리는 웃음에 태식은 짜증이 치밀었다.

"씨발 뒤에서 남 욕하는 너희들이 더 개 좆이다. 새끼들아."

"뭐라고? 저 새끼 뭐라 했어?"

그때 누군가의 손이 태식의 어깨를 붙잡았다. 그 팔을 다독이자 답답한 무언가가 풀리는 느낌이 들었다.

"신입이 속이 많이 상한 듯하니 참으시지요. 선배들이 참는 게 보기 좋지 않습니까?"

김 피디의 등장에 뒤에서 욕한 게 떳떳하지 못한 사람들이 교육이나 잘 시키라고 한마디씩 더 하고 사라졌다.

"정말 못 말리겠다. 기어이 그렇게 들이받았어야 속이 시원해?"

부드러운 손길에 울컥 화가 났다.

"선배가 선배 같아야죠. 제 일이나 잘할 것이지. 남의 욕이나 신나서 까대기는. 아니 피디 님은 피디 님 욕하는데 화도 안 납니까?"

"욕먹어도 싸지 뭐. 하지만 네가 재능있단 건 사실이잖아. 그러니 뭐, 볼 건 없겠지만, 날 봐서라도 참아."

김 피디가 어깨를 다시 다독이고 태식의 손을 붙들었다. 손바닥에 전해지는 차가운 느낌에 정신이 번쩍 들었다.

순간 옭아맸던 무언가가 풀어지면서 태식은 바닥에 주저앉았다. 다급히 머리에 씌워진 천을 벗어내자 잔뜩 찌푸린 하늘과 어둑한 산 그리고 다 타서 재만 남은 허수아비들이 보였다. 고개를 돌려 뒤를 보자 십자 형태의 나무 기둥이 있었다. 이제까지 저기에 묶였던 것이었다. 마치 허수아비처럼.

'그렇다면 대체 누가 날 풀어준 거지?'

그 의문이 들었을 때 지척에 멀쩡한 허수아비를 발견했다. 가만히 선 허수아비는 공격할 의사가 전혀 보이지 않았다. 태식은 무언가를 쥔 자신의 손을 들었다. 손엔 자신이 언덕 위에 담배와 함께 올려두었던 라이터가 있었다. 다시 허수아비를 보았다. 이건 꿈이 아니었다. 이목구비는 보이지 않았지만, 눈앞에 있는 허수아비는 그렇게 찾아 헤매던 사람이란 것을. 기쁨보다 슬픔이 불안감보다 안도감이 밀려들었다.

"빌어먹을. 피디 님 꼴 좀 보세요."

울컥거리며 뜨거운 울음이 목구멍으로 치밀었다. 무어라 더 말하고 싶은데, 집 안에서 아이들의 비명이 들렸다. 그제야 밭에 남은 허수아비와 집 주위로 돌아간 멀쩡한 허수아비들이 눈에 들어왔다. 아이들이 위험했다.

태식은 밧줄로 고정된 나무를 부쉈다. 입고 있던 반소매 셔츠를 벗어 묵직한 나무 끝에 감고 한쪽에 쓰러진 기름통을 들었다. 다행히 밭둑에 기대어져 내용물이 남아있었다. 태식은 남은 허수아비들에 기름을 뿌려댔다. 산 가까이에 선 허수아비 앞에 섰다. 검은 야구모자와 잠바를 걸친 허수아비였다. 재빨리 라이터를 켰다. 그 끝에 불을 붙이자 일렬로 선 허수아비가 하나씩 불길에 휩싸였다.

집 근처에 있던 허수아비들이 뒤를 돌아봤다. 그것들이 쿵쿵거리며 달려왔다. 태식은 남은 기름을 나무에 묶은 셔츠에 뿌렸다. 옷에 불을 붙이자 기름먹은 셔츠가 타올랐다. 그 불이 꺼지기 전에 태식은 나무를 휘둘러 자신에게 달려드는 허수아비들에게 불을 붙였다.

몇 번이고, 몇 번이나 나무를 휘둘렀다. 집 안에도 들어갔었는지 담을 뛰어넘어 달려드는 허수아비도 있었다. 불 앞에선 허수아비는 힘을 쓰지 못했다. 잠시 집 앞에서 멈춘 태식은 뒤를 돌아봤다. 붉게 타오르는 허수아비들 사이에 서 있던 한 허수아비가 휘적휘적 불길 속으로 들어갔다. 그 모습에 몸이 움찔거렸다. 그에게로 달려가고 싶었으나 집 안에 허수아비와 아이들이 있었다. 코를 훌쩍인 태식은 돌아서서 굳게 닫힌 대문 옆 담을 넘었다. 넘기 전 먼저 불이 붙은 나무를 안으로 던졌는데 태식이 그걸 집어 들기 전에 허수아비가 덮쳤다. 정신없이 몸을 버르적거리며 일어나 허수아비의 목을 짓눌렀다. 낡은 천 위로 튀어나온 지푸라기가 흐느적거렸다.

"죽어! 죽어!"

덜컹! 그때 대문이 요란하게 열렸다. 그 소리에 고개를 돌렸을 때 검은 인영이 보였다. 순식간에 무언가가 머리를 때렸다. 큰 충격에 태식은 바닥에 쓰러졌다. 가물거리는 시선에 결국 죽이지 못한 허수아비가 보였다. 구하지 못한 아이들이 걱정되었다. 눈이 감기는 마지막, 어디선가 황 노인의 비명이 들리는 듯했다.

* * *

올해는 작년보다 더 덥다고 했던가. 장마가 끝나니 더울 일만 남았는지 가만히 있어도 땀이 흘렀다. 머리에 붕대를 친친 감은 태식은 건물의 그늘이 늘어진 편의점 앞에 앉아서 담배에 불을 붙였다. 탁하고 누군가가 그 앞에 사이다 캔을 올려놨다. 언제 왔는지 규환이 앞에 있었다.

"학교는?"

"오늘 토요일이거든요."

"벌써 그렇게 되었나?"

담배를 바닥에 끈 태식이 대신 사이다를 집어 들었다.

"이거 감사의 선물인가? 잘 마실게."

"오늘 가시게요?"

규환은 편의점 주차장에 서 있는 태식의 산타페를 보며 물었다.

"하도 오라고 잔소리해대는 사람이 있어서. 귀에서 피나기 전에 가려고. 이래도 유능한 사람이라."

"찾는다는 사람은 안 찾고요?"

사이다를 마시던 태식은 규환의 질문에 고개를 끄덕였다.

"괜찮아. 이젠. 어디로 갔는지 아니까."

"그 사람하고 꽤 친했나 봐요? 매년 이곳에 오셨다니까."

며칠 전, 규환은 경찰서에서 들었던 말을 떠올렸다.

허수아비의 습격을 받은 그 시간, 규환이 보낸 메시지를 보고 놀란 종수가 달려왔다. 밭과 집 근처 여기저기에 불이 타오르고 있고, 대문을 여니 낯선 인물이 있어서, 종수는 들고 온 삽을 휘둘렀다. 애타게 딸의 이름을 부르자 안방에서 규환이 달려 나왔다. 이후 규환은 쓰러진 태식을 보고 자신들을 구해준 사람이라고 소개했다.

허수아비들은 태식이 모조리 태운 후였다. 이어 도착한 경찰은 혜정의 신고대로 태식을 강도로 보고 체포했다. 아이들이 외지인을 강도라고 착각했다며 경찰을 설득했고, 종수가 허수아비를 불태워달라고 했다고 변호해 준 덕에 태식은 무사히 풀려날 수 있었다.

"당시에 나의 유능함을 알아본 사람이니까. 그래서 너는? 그 친구들 아니, 학연으로 엮인 그 학생들과는……"

"슬기가 몸이 좀 괜찮아지면 혜정이랑 셋이서 진지하게 서로 얘기하기로 했어요. 그때 알게 되겠죠. 친구가 될지, 그냥 학연으로 엮이기만 할지."

"잘 되면 좋겠다."

"……아저씨도요. 그럼 안녕히 가세요."

규환은 고개를 숙여 인사했다.

"날도 더운데 태워줄까?"

"버스 타면 돼요."

"이제 괜찮은 거 맞지? 그 일은 너희 잘못이 아니야."

규환은 대답 대신 씩 웃으며 손을 흔들었다. 태식도 가만히 있다가 손을 흔들었다. 씩씩하게 나아가는 규환의 뒷모습을 보며 괜한 말을 했다고 자신을 타박했다. 사이다를 한 번에 마신 그는 담배꽁초와 빈 캔을 쓰레기통에 넣고 자신의 오래된 산타페에 올라탔다.

<끝>

중편들, 한국 공포문학의 밤
허수아비

1판 1쇄 찍음 2024년 9월 5일
1판 1쇄 펴냄 2024년 9월 20일

지은이 | 배명은
발행인 | 박근섭
편집인 | 김준혁
펴낸곳 | 황금가지

출판등록 | 2009. 10. 8 (제2009-000273호)
주소 | 06027 서울 강남구 도산대로 1길 62 강남출판문화센터 5층
전화 | 영업부 515-2000 편집부 3446-8774 **팩시밀리** 515-2007
홈페이지 | www.goldenbough.co.kr

도서 파본 등의 이유로 반송이 필요할 경우에는 구매처에서 교환하시고
출판사 교환이 필요할 경우에는 아래 주소로 반송 사유를 적어 도서와 함께 보내주세요.
06027 서울 강남구 도산대로 1길 62 강남출판문화센터 6층 민음인 마케팅부

ⓒ배명은, 2024. Printed in Seoul, Korea
ISBN 979-11-7052-432-8 04810
ISBN 979-11-7052-429-8 04810(세트)

㈜민음인은 민음사 출판 그룹의 자회사입니다.
황금가지는 ㈜민음인의 픽션 전문 출간 브랜드입니다.